ちくま学芸文庫

日本人の死生観

立川昭二

筑摩書房

目次

はじめに　日本人の死生観——アンケートから　9
花のしたにて——西行　28
憂へ悲しむ——鴨長明　47
たゞ今の一念——吉田兼好　68
*
旅を栖とす——松尾芭蕉　89
老いの楽しみ——井原西鶴　110

魂離れぬ――近松門左衛門 130

＊

気をめぐらす――貝原益軒 151
足るを知る――神沢杜口 172
闇はながれて――千代女 193

＊

あなた任せ――小林一茶 214
天地に恥る――滝沢馬琴 235
時をし待たむ――良　寛 256

おわりに　日本人の死生観――『虚空遍歴』から　279
あとがき　290
参考文献　295
解説　古典文学から日本人の死生観を辿る（島内裕子）　303

日本人の死生観

はじめに　日本人の死生観——アンケートから

「死をめぐるアンケート」

「日本人は生と死をどのように考えてきたか。日本人の死生観を代表的な古典の中にたどり、先人たちの生き方死に方にもふれながら、日本人の心性の基層に今日も生きている死生観を現代に生きる私たち自身の問題として考えてみたい」

これは、私が平成九年川崎市の市民アカデミーで「日本人の死生観」というテーマで講義（十四回）したとき受講案内に掲載した要旨である。その前年には東京都世田谷区の世田谷市民大学でおなじテーマでやはり連続講座（十四回）を担当したが、その間には、神戸市、松本市などの文化センター、あるいは地方都市の医師会や国立病院の看護婦研修会などで、おなじ「日本人の死生観」という演題で講演する機会をもってきた。さらに神奈川県医師会雑誌などの連載原稿やＮＨＫのテレビ番組で話したテーマがいずれも「日本人の死生観」であった。

これもまた私が講演を依頼された横浜市中区の市民が自主的に運営している生涯学級の連続講座の案内に、「この世に〈生〉を受けたときから、私たちは〈死〉に向かって歩み続けています。〈死〉から生き方を考えてみませんか」と書かれていた。このとき私に与えられたテーマはやはり「日本人の死生観」であった。

このように、このところ私は自治体などが主催する市民大学などで「日本人の死生観」というテーマで講義をする機会がたいへん多い。かつてはカルチャー・センターといえば健康法とか源氏物語とか聖書を読むといった講座、地域の市民サークルの学習テーマといえば健康法とか自然観察であった。ところが最近、このように「死」について学ぼうという機運が出てきたのである。私にかかわるものだけでもこれだけあるということ、そのいずれもが募集数をはるかに超える多数の参加者が集まり、その受講者の熱意と意欲の高さ、それはある意味で言えば、現代日本の一つの社会現象とさえいえる。

では、なぜ今、「日本人の死生観」なのか？

おそらく、ひとつには脳死とか尊厳死という今日的問題が背景にあると思われる。平成九年に臓器移植法が成立したが、国会で法案が審議されているさなか、新聞の第一面に「日本人の死生観が問われる」といった見出しが大きな活字で出た。

この「死生観」への関心の高さのより根本的な背景は、低成長期に入り高齢化社会に突入した今日、生の欲望の無限追求にひたすら走ってきた高度成長期には忘れていた老いや死の問題に、だれしも否応なく向き合わざるを得なくなったからといえよう。

そして、欧米の思想や宗教にその解決を求めるよりも、私たち自身の先人たちがいかに生きいかに死んでいったかという歴史に学びたいという欲求が、「日本人の死生観」というテーマに集約されていったのではないだろうか。

ところで、私はさきのような「日本人の死生観」というテーマで講義をする機会ごとに、かならずその教室で《「死」をめぐるアンケート》を試みてきた。そのアンケートの質問項目（用紙）を示すと、次頁のとおりである。

平成八年の世田谷市民大学にはじまり、おもに関東周辺であるが、ここ三年にわたり、前後八回行い、延べ五八五人から回答を得た。年齢別男女数・平均年齢、そして選択項目についての集計結果を示すと、一三頁のとおりである。

もとより、私が個人的に行ったアンケートであって、母集団の数も多いとはいえないし、地域とか男女比などに偏りがあるといえよう。しかし、ここには十代の看護学生から八十

「死」をめぐるアンケート

＿＿＿歳　男　女　　　　職歴＿＿＿＿

1　自分の「死」についてどのように考えますか。
　①　一言でいうと　　　　②　形容詞でいうと

2　「死」の世界についてどんなイメージをいだいていますか。
　①　一言でいうと　　　　②　「色」で表わすと

3　「死後の世界」（あの世）はあると思いますか。
　①　あると思う　（それは例えば　　　　　　　）
　②　ないと思う　　　③　あると思いたい

4　生と死の世界は断絶かそれとも連環していると思いますか。
　①　断絶している　　　②　どこかで連環している
　③　わからない

5　死者（例：先祖、愛する者）の「霊（魂）」を信じますか。
　①　信じる　　②　信じない　　③　どちらともいえない

6　なにかを信仰（信心）していますか。
　①　している　　　（それは　　　　　　　　）
　②　していない　　　③　なにか信仰を持ちたい

7　一年の次のどの日にとくに「死」（死者）について考えますか。
　□お盆　□お彼岸　□元旦　□年の暮れ　□誕生日
　□家族の命日　□終戦の日　□その他（　　　　　）

8　遺書（遺言）を書いていますか。
　①　書いている　　②　書いていない　　③　書きたい

9　どのような「死にかた」ができればいいと思いますか。
　①　死に場所　　②　死ぬ時期　　③　臨終のときは

「死」をめぐるアンケート集計結果

年代	10代	20代	30代	40代	50代	60代	70代	80代	無解答	計
男	0	1	3	3	7	76	71	11	6	178
女	18	74	62	65	71	85	23	4	5	407
計	18	75	65	68	78	161	94	15	11	585

平均年齢　男性57.1歳　女性46.1歳

3　「死後の世界」（あの世）はあると思いますか。

1．あると思う　168人（29.5％）
2．ないと思う　168人（29.5％）
3．あると思いたい　233人（40.9％）
無解答　11人

4　生と死の世界は断絶かそれとも連環していると思いますか。

1．断絶している　101人（17.4％）
2．どこかで連環している　374人（64.6％）
3．わからない　104人（18.0％）
無解答　5人

5　死者の「霊（魂）」を信じますか。

1．信じる　317人（54.0％）
2．信じない　78人（13.4％）
3．どちらともいえない　186人（32.0％）
無解答　5人

6　なにかを信仰していますか。

1．している　190人（33.8％）
2．していない　315人（56.0％）
3．なにか信仰を持ちたい　57人（10.1％）
無解答　13人

8　遺書（遺言）を書いていますか。

1．書いている　38人（ 6.7％）
2．書いていない　345人（60.5％）
3．書きたい　187人（32.8％）
無解答　4人

代の年金生活者にいたる今日の日本の幅広い階層の「死」をめぐる考え、ひいては「死生観」のおおよその傾向を読み取ることができるのである。

「カミ」と「ほとけ」――日本人の宗教観

このアンケートの第1問は、「自分の死についてどのように考えますか」という問いである。第1項の自分の死を「一言でいうと」に対しては、「終わり」「消滅」などという答えもあるが、「別れ」とか「眠り」と書く人が多く、あまり暗く考えていない。また第2項の自分の死を「形容詞でいうと」、若い人は「こわい」が多く、年配者には「寂しい」が多い。さらに、第2問の「死の世界についてのイメージ」として「一言でいうと」、「無」「暗闇」という答えもあるが、「静寂」とか「光」と書く人もいて、やはり暗く考えていない。

ところで、このアンケートの第6問に「なにかを信仰（信心）していますか」という問いがあるが、これについては、「信仰していない」と答えた人のほうが「信仰している」と答えた人より多い。これは予想した通りであった。

国連などの調査では、日本は世界でもっとも宗教に無関心な民族という結果が出ている。日本人に「あなたの宗教は何ですか」ときくと、多くの日本人は「私は宗教をもっていない」と答える。外国人にとっては無宗教ということほど不思議なことはないのである。

ところが、その同じ日本人に「あなたのお宅の宗旨は何ですか」とたずねると、多くの日本人が「家は何々宗です」と答え、さらに「でも私は仏教徒ではありませんが」とつけ加える。「家」の宗教はあるが、個人としては宗教はもっていない、というのである。

ところが、日本人は信仰をもっていないと言いながら、じつは多くの日本人はなにかというとさまざまな「カミ様」を拝み、さまざまな「ほとけ様」にお参りしている。たとえば、受験や交通安全や病気平癒にはかならずそれに御利益のある神社や寺院あるいは地蔵、稲荷、観音、薬師、不動などに祈願する。

また今日のニューファミリーの家庭ではともかく、日本の多くの家庭では神棚や仏壇をよく見かけるし、古い仕来たりを受け継いでいる家庭では家の中にいくつものカミ様やほとけ様をまつっているのがむしろ普通である。また日本人にとっては「ご先祖さん」は「ほとけ様」である。

これもよく言われることであるが、多くの日本人はクリスマスに聖歌を歌い、大晦日に寺の除夜の鐘を撞き、元旦は初詣でに行く。一週間にキリスト教と仏教と神道を体験する。

七五三は神社、結婚式は教会、お葬式はお寺。これを何の矛盾とも考えないでやっているのが日本人。私たち日本人は宗教オンチと言われても仕方がない。

このような日本人の宗教意識は日本人の多元的コスモロジーの表われである。キリスト教やイスラム教のような一神教を信じている民族と異なるメンタリティ（心性）に由来している。

日本人は古くから、さまざまな文化を取り入れてきたが、宗教にしても、仏教が伝来すると、古来の神道と両立させた。神仏混淆あるいは神仏習合といわれる。

たとえば、中世の歌人で名高い西行は出家して僧侶になったはずであるが「お伊勢さん」（伊勢神宮）によく参拝し、〈何事のおはしますかは知らねどもかたじけなさに涙こぼるる〉と詠んだといわれる（四一頁）。芭蕉も『幻住庵記』に「八幡宮たゝせたまふ。神体は弥陀の尊像とかや。……両部（神仏）光を和(やはら)げ、利益の塵を同じうしたまふも又貴し」と記している（九八頁）。西行も芭蕉もカミ様とほとけ様を一体に考え、区別しないで拝んでいたのである。

さらに、日本人は山や木、岩石や鳥獣までをカミと考えて崇拝する。いわゆるアニミズムの考えを古くから持っているのである。

「……お札はよう見かけるわね。シーツ交換のときなんか枕の下から、ようけ出てくるんや」「ガンが多いから、石切さんのお札やないかしら。お札を患部に貼ってはる患者さんもおるわ」「手術のとき家族から、これ入れといてくれはんか、いうてお札を渡されて、わからんように手術台の下にソーッと入れといたって、手術室の看護婦さんいうてたわ」

これは、私が兵庫県立成人病センター（現、兵庫県立がんセンター）を取材したときに外科病棟の看護婦から聞いた話である。現代の先端をいく近代的病院でも、患者たちのあいだで「お札」などという古い日本の信仰の風習が生きており、看護婦たちはそれをごく日常的なこととして受け入れているのである。「石切さん」というのはガンなど病気癒しの神様として関西では名高い東大阪市にある石切神社のことである（拙著『生と死の現在』）。

人がとりわけ信仰という問題に出会うのは自分や家族の死や大病に直面したときである。そのとき人はだれしも祈りと救いの対象としての神や仏を求める。病苦を癒してくれる最後のものは神仏――と考えるのは、なにも江戸時代の庶民ばかりではなく、現代医療を享受している今日の日本人の心性のなかにもひそんでいる。人間にとって最後に残されたものは「祈り」である。医療人類学でいう「病い行動」は「祈り」をもって完結する。それは宗教に無関心といわれる日本人にとってもおなじである。

さきの兵庫県立成人病センターでも、病棟のベッドでお祈りをしている患者、般若心経を読む患者、毎朝きまった時間に朝日を拝む患者、ベッドの枕許の「ご先祖さん」に初湯を供える患者、腹帯に経文を書いている患者、枕の下に刃物を入れておく患者、足や手に白い糸を巻いている患者……。そして、ベッドの周囲には千羽鶴がいくつも吊るされている。これがいわば、日本人の神や仏つまり信仰の風景なのである。

鳥取赤十字病院にやってきた七十七歳の梨作りの老人。肺ガンの手術をするかしないかという瀬戸際に、この老人は医師にこう語る。「あんな、人間はな、尊敬できる人をひとり持っとかにゃいけん。仏さんでも神さんでもええ。わしは三人おる。ご先祖さんに氏神さんに弘法大師さん」そしてこう続ける。「手術、どうしたらええでしょう。夢の中でもええ、教えてくださいって三人に頼んだ。あんたがわしの体を見て、……手術をすすめたとき、わしはあんたの目をじーっと見た。これは氏神さんの言葉だと直感した。それで決めた」(徳永進『カルテの向こうに』)。

三人の仏さん神さんのいるこの老人こそ、日本人の典型といっていい。そして徳永進医師と梨作りの老人とのあいだには今はやりのインフォームド・コンセントとか自己決定などという面倒な話などはなく、人間的な信頼関係のなかでごく自然に医療が行われていった。それは、おたがいが「文化」を共有し合っていたからである。

「あの世」と「この世」――日本人の死後観

「死生観」を考えるうえで重要な項目に死後観がある。別な言い方をすれば、他界観、来世観、後世観、より日本的に言えば「あの世」観である。

さきの「死をめぐるアンケート」でもっとも興味ぶかい回答のあったのも、この死後の世界についてたずねた項目であった。第3問「死後の世界（あの世）はあると思いますか」という問いに対して、「あると思う」と答えた人と「ないと思う」と答えた人が二九・五パーセント、なんとぴったり同数だった。「あると思いたい」が四〇パーセントであるから、どちらかというと死後の世界の存在を信じている人のほうが多いと考えられる。しかも、死後の世界を信じるのは、年配者には少なく、むしろ若い人に多いのである。これは最近の特徴的な傾向といえよう。

このことは、次の第4問「生と死の世界は断絶かそれとも連環していると思いますか」という問いにも現われている。この問いでは、「断絶している」が一七・四パーセントであるのに対し、「どこかで連環している」は六四・六パーセントである。「わからない」が一八・〇パーセント。このことは、第3問で死後の世界はないと答えた人の中にも、「どこかで連環している」と答えた人がいることを示している。ともかく、今日の日本人は生と死の世界は「断絶している」と考えている人より、「どこかで連環している」と考えている人のほうが圧倒的に多いのである。

日本人が仏教移入以前から持っていたと思われる原「あの世」観について、哲学者の梅原猛は次のような説を立てている（『日本人の「あの世」観』）。

（1）あの世はこの世と全くアベコベの世界であるが、この世とあまり変わりない。

（2）死ぬと魂は肉体を離れてあの世に行って神になり、先祖と一緒に暮らす。

（3）すべての生きるものには魂があり、死ねば魂は肉体を離れてあの世に行ける。

（4）あの世でしばらく滞在した魂はやがてこの世へ帰ってくる。誕生とはあの世の魂の再生にすぎない。

その後、仏教が伝来し、極楽や地獄を死後の世界と考える思想が移入されるが、たとえば親鸞の浄土思想には「往相（おうそう）」と「還相（げんそう）」という浄土へ往き浄土から還ってくるという考えがあり、これは原「あの世」観に通ずる面があり、その後の日本人の死後観となり、それにつれ「生まれかわり」という信仰もひろがっていく。

こうした死後観は、別な言い方をすれば、生と死の世界ははっきり断絶しているのではなく、どこかで連環しているという考えに通ずる。それはまた生と死の世界の隔壁が希薄であるともいえる。臨床心理学の河合隼雄は、自殺未遂者がその心境を「隣に行くようなもの」と語っていることに、生と死の隔壁が薄く、生と死が連続的に受けとめられていることを見ている（多田富雄・河合隼雄編『生と死の様式』）。

こうした日本人の死後観に関連して、さきの「死をめぐるアンケート」でさらに興味ぶかいのは、第2問「死の世界についてどんなイメージをいだいていますか」の第2項「それを色で表わすと」という問いである。これに対して、予想通り「黒」「白」が多いが、それについで「青」と答えた人が多いということである。そして「灰色」「透明」「無色」がこれにつぐ。

「青」は明でも暗でもない、温かくも冷たくもない「あわい」の色。沖縄では「後生（ぐしょう）」といわれる死後の世界は「青の世界」と考えている。また宮沢賢治にとって死の世界のメタファ（隠喩）は「青」のイメージであった。死んだ最愛の妹のいる死の世界をイメージした詩「青森挽歌」では、「とし子はあの青いところのはてにゐて」と歌っている。死後世界の旅体験を描いた賢治作品といえば『銀河鉄道の夜』。主人公のジョバンニが眠るように入っていったのは、「いま新しく灼（や）いたばかりの青い鋼の板のやうな」死後の世界であった。ぼんやりとした青の世界、対立するものがたがいに溶け合う微妙な色合いの世界、それを死の世界とイメージすることは、生と死の世界は連環し、行き来できるという考えに通じる。最後にジョバンニは眼をひらくが、生き返ったのではない。ふたたび死への旅へとつながっていくのである。

日本人が死の世界を「青」という「あわい」の色で考えるのは、何事も一元的に割り切らない考えを持っているということにも通ずる。その一つの例証として、日本語には対立する語をつなげて一つの意味をもつことばがあることがあげられる。たとえば、黒白、大小、明暗、善悪、是非、表裏、清濁、苦楽、緩急、愛憎、美醜、強弱、濃淡、陰陽、虚実……などなど。これらの語は、相反する意味の語をただ並べたのではない。対立するものがたがいにつながり、たがいに溶け合っていることを言い表わそうとしているのである。こうしたことばを好むというのは、対立するものがたがいにつながり溶け合う微妙な味わいを大切にしている日本人の心性の表われである（二〇七頁）。あの良寛もこうしたことばを好み書に残している（二七七頁）。

こうしたことばでもっとも意味の深いことばといえば、生死あるいは死生ということばである。じつは「死生観」という語も日本語独自のものである。生死というとき、それは生と死をはっきり切り離すのではなく、生から死へ、死から生への連続的なつながりを考え、生と死のあいだにはっきりとした断絶を考えない。生死一如ということばがよく言われるが、生と死を一体にとらえるという考えである。

日本人は古くから死を「帰るところ」と考え、人生を「この世」から「あの世」への旅と考えている。とりわけ死は「土に帰る」と考える。高見順も〈この旅は／自然へ帰る旅である……もうじき土に戻れるのだ〉（詩集『死の淵より』）と歌っている（九五頁）。親しい者の臨終の枕許で、「あの世で待っていてね。あとから行きますからね」とよく語りかける。

こうした考えは今日でも生きている。たとえば、産経新聞（平成九年一月七日）の投書欄に、森崎よしゑさんは、「私は八十四歳です。浄土への旅路の準備はすべて整っています。……思い残すこともなく、この上は浄土へのお参りを望んでいます。現世は現世、あの世はあの世と割り切っています。身も心も軽く旅立ちたいと思っています」とつづっている。もしものとき、森崎さんにいたずらな延命医療をほどこすべきでない。この一文は彼女のいわば「リビング・ウイル（生前の意思）」なのである。

日本人にとって、漢語でいう「生命」と和語でいう「いのち」とでは、やや異なった含みをもっている。「生命」というと生物学的あるいは医学的な含み、「いのち」というと人間的あるいは文化的な含みとでもいえる。別な言い方をすれば、「生命」という場合はおもに目に見える身体（からだ）に即して言うのに対し、「いのち」というと目に見えない「霊」あるいは「魂」を含んでいっている。

「いのち」の語源は「息の内」「息の道」「息の霊」といわれる。とすれば、たとえ脳死状態でも息が通っているうちは死体とみなすことができないことになる。「生き」は「息」であり、「意気」「粋」「勢い」も「息」に通ずる。また「むすこ（生す子）」「むすめ（生す女）」に「息子」「息女」の字を当てるのも、生＝息という考えからである。

人の死を表わす日本語は多いが、今日でももっともよく使われるのは「息を引きとる」という表現である。生＝息と考える日本人にとって呼吸停止こそ死である。さらに、この「引きとる」とは「手もとに受け取る」「もとに戻る」「引き継ぐ」という意味がある。「いのち」は消滅するものでも断絶するものでもなく、もとあった所へ戻り、そして後の世に引き継がれていくものなのである。

近年の生命観は、生命科学の発達と地球的生命という理念から二極分化していると指摘しながら、医療人類学の波平恵美子は、「生命」の語を現代医学的な個として閉じられ限られた生命体を強調する生命観に用い、「いのち」の語を祖先崇拝に見出せるような伝統的な開かれ連続する生命観に当てている（『いのちの文化人類学』）。「一回限りの人生」「限られた生命」「自分だけの命」ということがいわれる。いっぽう、「永遠に生きる」「先祖代々受け継いだ命」「あなたはだれそれの生まれかわり」ということもよくいわれる。人の命は個として限られ閉じられたものなのか。それとも個をこえて開かれ連続したものなのか――。

現代医療の現場における延命医療や過剰医療は前者の生命観が論理的支えとなっている。それに対し、かつての伝統的な生命観は、医療水準の低さという理由ではなく、もともと人を個体的生命として見るだけでなく、人の生老病死を「自然」と受けとめ「文化」を包摂した連続的で開かれたものと考える生命観であった。たとえば、「臍の緒」を大事に保存するのは親子の命の継続にたいする信仰から生まれた習俗であり、仏壇の位牌に生前と同じようにお茶やご飯を供えるのは死者が今も生きていることを確認する作業であり、霊場では死者の霊に出会えるし、土地ごとの祖先をまつった氏神も霊との共存を物語る。

人の命が個をこえて開かれ連続するものであると考えるならば、どうしても身体を離れて「霊」あるいは「魂」というものがあると考えなければならない。

さきの私が行った「死をめぐるアンケート」において、第5問「死者（例：先祖、愛する者）の霊（魂）を信じますか」という問いで、「信じる」と答えた人は五四・〇パーセントであるのに対し、「信じない」は一三・四パーセント、「どちらともいえない」が三二・〇パーセントであった。死後の世界については「あると思う」と「ないと思う」が同数であったのに、死者の霊魂の存在は信じる人のほうが多いのである。

「たましい」とは、ふつう心のはたらきをつかさどり、生命の根源と考えられ、身体を離れて存在し、身体が滅びても（死んでも）存在すると考えられている。和泉式部の歌に、〈ものおもへば沢の蛍もわが身よりあくがれいづる魂(たま)かとぞみる〉とあり、また近松門左衛門の『心中天の網島』に心中する男女が「たとへこのからだは鳶烏(とびからす)につつかれても、ふたりの魂つきまつはり」と語る場面がある（一三九頁）。

魂を考えに入れると、「いのち」は霊的な「魂」と物質的な「生命」とを包摂したものともいえる。万葉時代から使われた命の枕詞に「たまきはる」があるが、タマは魂、キハルは極まるという説からすれば、「いのち」は「魂の極まれるもの」といえよう。斎藤茂吉は〈あかあかと一本の道とほりたりたまきはる我が命なりけり〉と歌っている。

人は死に直面したり愛の極みを体験するとき、「たましい」の存在を実感する。そして、日本には御霊神社、生魂神社、国魂神社などが多いように、日本人は魂を神としてまつってきた。霊魂に対する畏怖は日本人の心性の古層に生きている。

アンケートの第7問「一年のどの日にとくに死（死者）について考えますか」という問いについては、「家族の命日」「お盆」「お彼岸」の順に多く、年配者には「終戦の日」を一位にあげる人もいる。神戸市では阪神大震災の日をあげる人がいた。

第8問の遺書（遺言）については、書いている人は意外に少ない。しかし、「書きたい」と思っている人が多いのは予想通りである。

では、いちばん大切な最後の第9問、「どのような死に方ができればいいと思いますか」という問いは、本論の最初の西行のところでふれてみたい。そして、「死に方」を考えることは「生き方」を考えることでもあることを終始念頭においておきたい。

「日本人の死生観」は神話や万葉集からはじめてもいいはずである。しかし、ここでは西行からはじめる。その一つの理由は、日本人の「死に方」を考えようとするとき、今日の私たちにとっても、西行からそのもっとも根源的な答えをいきなり聞くことができるからなのである。

花のしたにて――西行

花と月――死に場所と死ぬ時期

願はくは花のしたにて春死なむそのきさらぎの望月のころ

これは、西行の和歌の中でももっともひろく知られたものである。おそらく長い和歌の歴史の中で五指に屈せられる作品であろう。「願はくは……」という上の句だけで、今日の多くの日本人は八百年も前に作られたこの歌をすぐに思い浮かべるほどである。

この歌は、死に臨んだ作いわゆる辞世の歌ではない。死ぬ十年ほど前に作ったものである。六十歳代半ばの西行が、できれば「こういうふうに死にたい」と願って詠んだ歌である。

それは、私が「死をめぐるアンケート」の最後で、「どんな死に方ができればいいと思いますか」とたずねた項目にあたる。

その問いで、1「死に場所」、2「死ぬ時期」、3「臨終のときは」という三つの項目にわけてたずねてみた。

すると、まず「死に場所」（どこで死にたいか）については、今日の日本人の多くは、「自宅」か「病院（施設）」のどちらかを書く。なかには「どちらでもいい」と答える人もいるし、「静かな場所で」とか「思い出の場所で」といった個性的なことを書く人もいる。

つぎに、「死ぬ時期」（いつ死にたいか）――平たくいえば「死に時」――については、「八十歳ぐらいで」「娘が結婚したら」「他人の世話にならない前に」「ボケない前に」などが多く、なかには「ライフワークを完成して」「寿命にまかせて」という人などもいる。

そして、最後の「臨終のときは」については、今日の多くの人は、「家族に囲まれて」「妻に看とられて」「苦しまないで安らかに」「周りの人に感謝して」「死に水をとられて」などと書く。なかには「一人静かに」「音楽を聴きながら」「念仏を唱えながら」と書く人、少数ではあるが「安楽死」と書く人もいる。

さて、以上が、今日の私たちができれば自分はこのように死んでいきたいという「死に方」のおおよそのかたちである。

ところで、仮にこのアンケートとおなじ問いを西行にたずねてみたとする。すると、西行はなんと答えるだろうか？ じつは、その答えが、まさにこの「願はくは……」の歌なのである。

つまり、「死に場所」はと問われた西行は、はっきりと「花（桜）のしたにて」と答えている。西行にとって死に場所は自宅でも病院でもない。「花のした」！ なのである。おなじように、「死ぬ時期」を問われた西行は、これもはっきりと「春」と答え、さらにそれは「きさらぎ（二月）の望月（満月）のころ」と限定しているのである。

したがって、西行にとって、「臨終のときは」という問いの答えはすでにすんでいる。あえて言えば、「家族に囲まれて」でもなく、「苦しまないで安らかに」でもなく、「念仏を唱えて」でもない。「花のした」で、「きさらぎの望月のころ」、これが西行の望んだ死に方であった。

西行の死生観を一言でいえば、花と月、これにつきるのである。そして、それはある意味で日本人の死生観の原点でもある。

ところで、この歌が名高いのはその歌自身のもつメッセージ性にもよるが、じつはもっと衝撃的なことは、西行はこの歌のとおりの死に方をじっさいにしたのである。

この歌が詠まれてから十年ほどたった建久元（一一九〇）年二月十六日（陰暦）、まさに花の盛りのきさらぎの満月のころ、西行は河内国（大阪府）南葛城の弘川寺で七十三年の命を終わった。平成二（一九九〇）年は西行没後八百年の遠忌に当たる。

その死は、当時の人びとに大きな衝撃を与えた。「願はくは花のしたにて春死なむ」と歌った人が、あたかも「そのきさらぎの望月のころ」、それは釈迦入滅のころにもあたる日、そのとおりに死んだのである！

当時貴族のあいだでは西方浄土に往生することが最高の願望であった時代だけに、西行のこの死は最高の往生の完成、今風に言えば自己実現として、人びとを驚嘆させた。たとえば当時の名高い歌人藤原俊成は、「つゐにきさらぎ十六日望月終りとげける事、いとあはれにありがたくおぼえて」（『長秋詠藻』）と嘆じている。

西行にとって、歌はたんなる文芸でも教養でもなかった。自己自身のいのちをかけたもの、生と死そのものだったのである。

日本人と桜

ここで、西行は自分の「死ぬ瞬間」を花と月に凍結した。その第一にあげた花つまり桜は、いうまでもなく古来日本人の死生観と深く結びついている。

とはいえ、桜はいちばん早く日本人の好んだ花ではなかった。万葉集では桜よりも梅を詠んだ歌のほうが多い。春に先駆けて咲く梅は枝ぶりをふくめて愛でられ、その凛とした姿は男性的な古代人の趣向に適っていた。

梅の男性的に対して桜はどちらかというと女性的で、それだけに王朝文化の時代からもてはやされるようになった。また梅は咲いている花が愛でられるのに対して、桜はむしろ散るところが愛でられてきた。桜とはなによりも散るものというのが日本人の桜花観の中心にある。西行も数知れない桜の歌を詠んでいるが、そのほとんどは散る桜である。たとえば、次の歌――、

もろともにわれをも具して散りね花うき世をいとふ心ある身ぞ

散っていく桜よ、私もいっしょに散っていかしてくれ、と西行は桜に哀訴している。彼は桜に恋をしていたのである。彼は桜と心中したかったのである。

その後、桜は日本人のメンタリティ（心性）に深く入り込んでいくが、桜が好んで歌に詠まれたり絵に描かれるのは、近世以降のことである。たとえば、安藤広重も泉谷寺（神

奈川県）の板絵に見事な「山桜図」を残している。

とはいえ、本居宣長の名高い〈敷島のやまとごころを人問はば朝日ににほふ山桜花〉も咲き匂う桜を歌っているし、「花は桜木、人は武士」という諺も華やかな桜を武士に譬えて言ったもので、武士の散り際（＝死）と桜の散り際を結びつけたものではなかった。

桜の散り際と死が結びつけられるのは、近代以降のことである。戦時中の「散華」の思想は桜花と結びつけられ、戦争体験者の中には桜というと国家が不条理な死を強いた戦争を思い出し、桜を嫌う人もいる。三島由紀夫が割腹自殺したときの辞世、〈散るをいとふ世にも人にもさきがけて散るこそ花と咲く小夜嵐〉と散る桜を詠んでいるが、この歌の意図はもとより西行の想いとは異なるが、ここにも散る桜の悲しさ明るさの中に死を見る日本人の心性が表われている。

西行の「あの世」観

さて、この「願はくは……」の歌には、西行の死後観、来世観はどこにも見られない。ここには、「死の瞬間の死」があるだけである。彼は、自分が死んでいく瞬間には花と月さえあればいい、そう言っているのである。死んだ後のことなど、ここでは想念にまったくない。

西行は一応出家した身であるから、仏教的な来世観ももっていたはずである。しかし、西行自身はじっさいのところ死後の世界をどう考えていたのであろうか。彼が自分の死後のことをはっきりと詠んだ二つの歌がある。

仏には桜の花をたてまつれわが後の世を人とぶらはば

来む世には心の中にあらはさむあかでやみぬる月のひかりを

前者の「後の世」は「後世」のこと、後者の「来む世」は来世のこと。いずれも死後の世界のことである。

前者では、私の後世をとぶらってくれるのなら、桜の花をたてまつってくれ、と言っている。あの世でも彼はこの世とおなじ桜を見ていたいのである。後者では、来世でもあかず月を眺めていたい、と言っている。あの世でも彼はこの世とおなじ月を眺めていたいのである。

ここには、この世とあの世の断絶はない。あの世はこの世の続きあるいは延長である。

この世とあの世はまったく別な姿なのではない。あの世もこの世とおなじ花が咲き月が照っているのである。

また次の歌の「西」は西方浄土つまりあの世のことで、私もあの世に入るようだという意味のことを歌ったものである。

山の端(は)にかくるる月をながむればわれも心の西に入るかな

しかし、西行があの世に入る気持ちになるのは、山の端にかくれる月を眺めるからであって、西方浄土そのものへのあこがれからではない。あくまでもこの世の月といっしょにあの世に行きたいというのである。

もともと西行が出家した動機は仏道に深く帰依したからではなかった。北面の武士であり荘園の所有者という上流階級の佐藤義清(のりきよ)が二十三歳という若さで出家した理由としては、盛衰転変の現世に対する厭世観説、また友人の急死による無常観説、さらに高貴な女人待賢門院璋子への悲恋説などがあげられる。

愛(いと)ほしやさらに心の幼(をさ)なびて魂(たまぎ)切れらるる恋もするかな

おもかげの忘らるまじき別れかな名残りを人の月にとどめて

こうした恋の歌をたくさんつくっている西行は、出家後もこの世への執着をさっぱりと捨て去ったわけではなかった。

世の中を捨てて捨てえぬ心地して都離れぬ我身なりけり

あはれあはれこの世はよしやさもあらばあれ来む世もかくや苦しかるべき

おそらく西行が出家しようと思ったほんとうの気持ちを表わしているのは、出家直前に詠んだといわれる次の歌ではないだろうか。この「そらになる心」の「そらになる」とは、「うわの空になる」という意と受けとれる。うわの空になって落ち着かなくなった心、その不安定な情念が西行を「世にあらじ」(出家)にかりたてたのではないだろうか。

そらになる心は春の霞にて世にあらじともおもひ立つかな

西行は欣求浄土の念つまり「あの世」への仏教的信仰から出家したというより、青年期特有の不安感・不全感・離人感から出家したのではないだろうか。その意味では、私たち近代人に近いメンタリティの持ち主だったといえよう。

西行の心身観

ところで、この歌でも「そらになる心」と歌い、またさきの「山の端に」の歌でも「西」に入るのは「心」だと西行はことわっている。西行の歌にはしきりに「心」と「身」ということばが出てくる。たとえば、次の歌は死後の「わが身」つまり屍体を詠んだものである。

はかなしやあだに命の露消えて野辺にわが身やおくりおかれむ

死んだあとの「わが身」(屍体)は野辺に放置されている、というのである。この歌は無常観を詠んだものであるが、屍体を厭う気持ちがつよく表わされている。

「あの世」観あるいは死後観、来世観、他界観をたどっていくと、必然的に「こころ」と

「からだ」つまり心身の問題に逢着する。

おそらく、日本で「こころ」と「からだ」の問題、つまり心身の問題を真正面から考えた最初の知識人は西行であった。たとえば、彼はこんな歌を詠む。

吉野山こずゑの花を見し日よりこころは身にもそはずなりにき
うかれ出づる心は身にもかなはねばいかなりとてもいかにかはせん

ここでも花が出てくるが、西行の心は身から遊離していく。身を離れて心が存在する。その心は、自分でもどうしようもない存在であると嘆く。

心から心に物を思はせて身を苦しむる我身なりけり
ゆくへなく月に心のすみすみて果てはいかにかならむとすらむ

後者の歌の「月に心のすみすみて」は月に心が恍惚となるという意であるが、花や月への恍惚感によって心が身から離れていくのである。このように遊離した心というとき、それは心というより魂といったほうがいいかもしれない。ここでいわゆる「遊離魂」というモチーフが浮かぶ。それは、和泉式部の名高い歌〈もの思へば沢の蛍もわが身よりあくがれいづる魂かとぞみる〉の「あくがれいづる魂」にあい通ずる。この「あくがれ」という心情は西行の次の歌によく表われている。

あくがるる心はさてもやまざくら散りなむのちや身にかへるべき

この「あくがる」(憧れる)「あこがれ」(憧憬)というのは、本来ある場所から離れるというのがもとの意である。ここでは一度身から離れた心は、ふたたび身に帰ってくるといっている。その帰っていく身は浄化された身ということであろうか。したがってここでは心身は不即不離の浮遊体ということになる。心身浮遊のまま浄土という想念である。それは、この世もあの世もおなじという西行の想念に通じる。だから、彼は次のようにも歌う。

現をも現とさらに思へねば夢をも夢となにか思はん

あの世とこの世、現世と来世、現実の世界と夢の世界、その境界はもはやない。うつつも夢なら、夢もうつつ。いやうつつが夢で、夢こそうつつかもしれない。生死の極限を彷徨し、愛の極みを体験した人なら、あるいはこうした感覚に共鳴できるのではないだろうか。

「神も仏なり」

このような感性を抱いて西行は、では、何を信じて生きていたのであろうか。つまり、西行の信仰心はどんなものであったのか。

いうまでもなく、出家した西行は一応仏門に入ったわけである。それなら彼は仏の教義だけに帰依していたのであろうか。じつは僧形の西行はたびたび伊勢をおとずれ、神宮を参拝している。晩年には伊勢の神官と交わり、神道に近づいていた。「大神宮の御山をば神路山（かみぢやま）と申す、大日如来の御垂跡（すゐじやく）を思ひてよみ侍りける」と前書きした次の歌がある。

　深く入りて神路の奥をたづぬればまた上もなき峯の松風

ここには、神道の神は仏が姿を変えてこの世に出現したという考え、つまり本地垂跡の思想がはっきりと見られる。西行がこの本地垂跡の思想あるいは神仏習合の思想を身につけていたことは、次の歌によりはっきりと見られる。

榊葉に心をかけん木綿垂でて思へば神も仏なりけり

木綿を垂らした榊の葉を心にかけて祈ろう、思えば「神も仏なりけり」、と西行は言うのである。次の歌は、西行の家集である『山家集』には入っていないが、西行が伊勢神宮で作ったと伝えられる名高い歌である。

何事のおはしますかは知らねどもかたじけなさに涙こぼるる

この歌は、日本人の宗教観あるいは神仏観をもっともよく表わした歌といえる。つまり日本人はもともと多元的なコスモロジーをもっているが、神や仏についても一神教ではなく多神教であった。そして、仏教が入ってきたとき、日本古来の神と仏とが習合し、神も仏もおなじように信仰してきたのである。あるいは日本人にとって神とか仏は、たとえば伊勢のように、その土地とか山や森という場所であった。だから、ここに「どんな神がおられるのかは知らないけれど」、この場所に佇むと「かたじけなくて涙がこぼれる」のである。西行と同時代の源実朝も、〈神といひ仏といふも世の中の人のこゝろのほかのものかは〉と詠んでいる。

じつは、このメンタリティは今日の日本人にも生きている。たとえば、正月の初詣でに何百万という老若男女が神社仏閣に詣でるが、その神社やお寺に何が祀られているかをきちんと知っている人は少ない。東京でいえば、初詣で第一位の明治神宮ですら、だれが祀られているかを知らない人は意外に多い。それでも彼らはそこで神妙に手を合わせ、カミ様にお参りしたと満足しているのである。

日本人の死の美学

さて、西行にとってあの世はたしかにある。しかし、それはこの世の続きであり延長として意識されていた。そして来世にも現世とおなじようになくてならないものが、花と月なのである。

西行にとって、この花と月はなんであったか。

近ごろ、しきりに「生きがい」ということがいわれる。生きていく目的とか張合いという意味である。とくに今日の高齢化社会では生きがいというと、もっぱら老後の生きがいという話になる。そこでは仕事とか家庭が生きがいということではなく、ライフワークとか趣味といった含みでいわれる。

ところで、この生きがいに対して、「死にがい」ということばはあまり言われない。辞書にも見当たらない。死んでいく目的とか張合いはないということであろうか。

おそらく真の「生きがい」は「死にがい」にもなり得るのではないだろうか。その人の生きていく目的とか張合いは、その人がそれで死んでもいいという目的とか張合いになり得るはずだ。

西行にとって、彼の生きがいといわれれば、いうまでもなく花と月であった。そして、西行にとって、この花と月はそれによって死んでいける「死にがい」でもあったのである。「願はくは……」の歌は、自分の死の瞬間には花が咲き月が輝いている、そうなら喜んで死んでいける、と歌っているのである。そして「来む世には……」つまり死の向こう側でも、おなじ桜の花と月の光が見える、だから私はあの世に喜んで行ける、と語っているのである。

西行にとって、うつつ（現実）の世界の花と月は、夢（死）の世界でも咲き輝いている。

だから現実の世界も夢の世界も区別はない。その境界を超越するものは何か。彼の「死にがい」である花と月に対して浮遊していく限りない「憧れ」あるいは「美意識」ではないだろうか。医者で歌人であった上田三四二は、死線を彷徨した体験をもとに西行を論じた一文で、次のように語っている（『この世この生』）。

「死の瞬間における死」を歌った「願はくは」の一首は、死への憬れを語っているのではない。死をも輝かしいものとする月と花――この現世の景物でありながら現世のものともおもわれぬ感動を呼びおこすもの、それに対うとあやしい浮遊感につれてゆかれ、人の陶酔に誘われるもの、美感としか名づけようがないために仮にそう言っておくが、人のこころを至美、至純、至極の境にむかって押しあげ、昇りつめさせるもの、そしてそこでは時間が空虚ではなく充ちており、充ちることによって時間を忘れさせるもの、そういう蠱惑の源としての月と花への憬れを、語っているのである。

さらに上田三四二のことばを借りれば、「彼（西行）の憬れは現世の至美、至純なるものへの憬れであったが、その憬れは、結果として、この世の外の死というものへの通路を開いていた」。（「生きがい」が「死にがい」に転位したのである。）そして「死後にまで自己の時間を延長する西行は、花月への憬れによって心と身のあいだに緩みが生じ、その緩みが大きくなってついに分離するとき、それが死だ、と感じ」、「死後は、心身浮遊の現世浄土のつづきのようなものであってほしかったのである」。

「この世のものともおもわれない」花と月、だからあの世にもある花と月、この花と月によって死ぬことのできた西行の死生観は、宗教的とか哲学的な死生観ではない。あえていえば、死の美学である。平たくいえば、「美しく死ぬ」という想いである。

この西行に見られる死の美学は、その後の日本人の死生観の基層に深く長く生き続けている。武士道に見られる「潔い死」、近世の心中の「道行」など、死の美学という意味ではあい通ずるものがある。

そして、八百年前の西行が今も生き続けているのは、彼がその想いを歌に昇華したからである。それが当時いわれた「数奇」の精神といえる。花と月を愛し、花と月に没入し、歌を詠む。それは仏法ではないが、それは仏の教えにも通じ、それによって往生がとげられる。それが「心の数奇たる人」といわれた西行の生き方死に方であった。

西行の死生観を象徴する「願はくは……」の歌は、今日の日本の意外なところにひそかに生きつづけている。たとえば、たまたま私が敬愛していたA氏にまつわるこんな話がある。

国立大学の生物学の教授で研究所長も歴任したA氏は、退官後は私立大学で教鞭をとり、晩年には洗礼を受け敬虔なキリスト教信者であった。その頃から喘息を患っていたが、高齢と病軀をおして聖地巡礼まで果たした。そのA氏が最期を迎えるとき、すでに筆談しかできなくなっていたが、枕許に信頼する知友を呼び、最後のことばを伝えられた。そのとき、その筆談の用紙に、なんと西行のこの「願はくは……」の歌が書かれたのである。

自然科学者としてキリスト教信者として生涯を貫いた人にして、末期の眼に映じたのは中世の歌人西行があこがれた花と月であり、その花と月のもとで死んでいくことを想い描くことによって自らの死を死んでいったのである。　（前掲書）

憂へ悲しむ――鴨長明

川の流れ――日本人の人生観・歴史観

ゆく河の流れは絶えずして、しかも、もとの水にあらず。よどみに浮ぶうたかたは、かつ消え、かつ結びて、久しくとどまりたる例(ためし)なし。世の中にある、人と栖(すみか)と、またかくのごとし。

『方丈記』冒頭のこの一節は、多くの日本人の脳裏の底に刻まれている名高い文章である。そして作者鴨長明は川の流れを見つめて人の世の無常を悟ったというようによく考えられてきた。しかし、ここには無常観だけでなく、日本人の人生観あるいは歴史観の核のようなものが言い表わされているのである。

日本人は、人の一生も世の中もすべて、「ゆく河の流れ」と見る。一人の人生も一国の歴史も川の流れであって、それは久しくとどまることなく流れていく、と観ずるのである。日本は周囲を海に囲まれ海の幸に恵まれてきたが、日本人は海の民とはいえない。日本の海は外洋であって、海と馴れ親しむことはできなかった。ときにはそれは死の海であった。海に馴れ親しんできた民族といえば、古代ではギリシア人、近代ではイタリア人であり、彼らこそ海洋民族といえた。

また日本は山国であるから、山と親しんできたかというと、一部に山岳信仰はあるにしても、日本人は山と馴れ親しんできたともいえない。日本人が山に親しむようになったのは、西欧人から登山を教えられてからである。山や森に生きてきたのはゲルマン民族たちであった。

海に親しむ者は冒険心にとみ、そこからは科学的精神が育まれる。近代科学は海を愛したイタリア人にはじまる。海を怖れない者は文明世界を支配した。それにたいして、山に親しむ者は瞑想的で、そこからは哲学的精神が育まれた。プロテスタント神学やドイツ観念哲学がそこから生まれた。山を怖れない者は精神世界を支配した。

海にも山にも親しまない日本人がいちばん親しんできたのは、川である。日本人は自然あるいは国土のことを「山河」という。山国の日本にはいたるところに川がある。現代の私たちの周りにも、海や森はなくても川はかならずある。しかもそれは、ナイル河や揚子江のごとく海のように見える川でなく、その流れていくさまがはっきり見られる「流れ」なのである。日本人にとって川はかならず流れている、のである。

日本人ならだれでも川についての記憶を持っている。川は日本人の「いつか見た風景」として心の奥底に生きつづけている。川は日本人にとって、海や山とちがって、きわめて身近で日常的な存在であり、暮らしの中に溶け込み、信仰の中に生きている。

したがって、日本人が人の一生（人生）を川の流れと考え、世の中（歴史）も川の流れと見るのは、しごく自然なことであった。あるいは、日本人は川を見ると、人生を思い、歴史を考える、といってもいい。日本人の人生観あるいは歴史観を文学的に言い表わすと、この「ゆく河の流れは絶えずして、……久しくとどまりたる例なし」につきるのである。

およそ八百年前に京都に生きていた鴨長明も、じつは幼いころから川と馴れ親しんできた。長明の生まれた家は下鴨神社の神職の家であったが、そこは高野川と賀茂川とが出会って鴨川となる地点であった。彼は幼時から「ゆく河の流れ」の中で育った。長明には川を詠んだ歌が多いが、その彼が人生を川と考え歴史を流れと見たのはごく自然であり、それは日本人のメンタリティ（心性）をおのずから表白していたのである。

「歴史の流れ」という言い方がある。これはいかにも日本人にぴったりの表現である。歴史を「流れ」ととらえるのが日本人の歴史観である。

それにたいし、「歴史の歩み」という言い方がある。「流れ」も「歩み」も動いていることにかわりはない。しかし「歩み」のほうは、自分が歴史の中を歩んでいるというニュアンスがある。それにたいし「流れ」のほうには、自分は歴史の中を流されている、あるいはその流れを眺めているというニュアンスがある。日本人は歴史の主体者というより傍観者という立場を好む傾向があるといえよう。

いっぽう、「流れ」という考えには、「創造」とか「終末」という考えはない。絶えず流れて久しくとどまる例(ためし)がないのであるから、創造も終末もない。創造があるから終末がある。キリスト教的な神による創造やこの世の終末という思想はここにはない。

日本の中世には「末世」という観念があるが、それは『方丈記』に「世の乱るる」とあるように、世界の終末というより「乱世」という観念で受けとめている。この「流れ」観が日本人の歴史観の特徴である。

それは日本人の人生観ひいては死生観にも通ずる。私が行った「死をめぐるアンケート」にも見られるように、生の世界と死の世界は断絶していないで連環している、人は生の世界から死の世界へと旅をしている、という現代の日本人も抱いている死生観は、この長明の「ゆく河の流れは……」というフレーズに通底するのである。

そしてそれは、今日のたとえば人気の歌謡曲「ああ、川の流れのように、おだやかにこの身をまかせていたい……」という歌詞にまで、そのまま生きつづけているのである。

無常観と厭世観

この冒頭の一節で長明が、川の流れを見つめながら嘆じた世の無常は、「人と栖と」であった。これにつづくフレーズでも、「たましきの都のうちに、棟を並べ、甍を争へる、高き、いやしき人の住ひは、世々を経て、尽きせぬ物なれど、これをまことかと尋ぬれば、昔ありし家はまれなり。或は去年焼けて今年作れり。或は大家ほろびて小家となる。住む人もこれに同じ」と、執拗に住まいにこだわっている。

このあとも、長明は世のはかなさを語る場合でも、たとえば「すべて、世の中のありにくく、我が身と栖との、はかなく、あだなるさま」というように、人といえばつねに住まいを対に出している。

また、自分の来歴を語る場合も、三十歳ころには「ありしすまひにならぶるに、十分が一なり」と述べ、さらに、六十歳ころには「中比の栖にならぶれば、又、百分が一に及ばず」と、自分の住居が次第に狭くなっていくさまを恋々と語るのである。
『方丈記』とは、その書名通り、「方丈」つまり一丈（三・三メートル）四方、畳四畳半の広さの住居の「記」という意味である。『方丈記』は、堀田善衛が言うように、まさに「住居についてのエッセイなのである」（『方丈記私記』）。

住まいにこだわるということは、生活実感が強いということである。西行のような現実から浮遊した思考ではなく、現実感覚に根ざした思考であるということである。ある意味では、日本人の住居と土地に執着するメンタリティ、あるいは日本人の現実主義は、『方丈記』にその源があるといえる。

では、長明はその現実主義に徹して生きていくのかというと、じつはそうではない。住まいにこだわりながら、彼はその住まいから次のような人生観を引き出す。

> 不知、生れ死ぬる人、何方より来たりて、何方へか去る。また不知、仮の宿り、誰が為にか心を悩まし、何によりてか目を喜ばしむる。その、主と栖と、無常を争ふさま、いはば朝顔の露に異ならず。

住まいにこだわりながら、長明が言いたかったのは、この「無常」であった。『方丈記』はよく「無常観」を語った書といわれる。たしかに、「我が身と栖(すみか)との、はかなく、あだなるさま」といい、「うつせみの世をかなしむ」というように、無常観が全編の通奏低音になっている。ただし「無常」ということばは、ここだけにしか出てこない。なお、『方丈記』は四百字詰め原稿用紙でわずか二十三枚の〝巨大〟な作品である。

無常という人生観から、長明が次に導き出してきたのは、「厭世」というテーマである。「我が身と栖との、はかなく、あだなるさま」を事例をあげて綿々と嘆じた長明は、こう言う。

　世にしたがへば、身、くるし。したがはねば、狂せるに似たり。いづれの所を占めて、いかなるわざをしてか、しばしもこの身を宿(やど)し、たまゆらも心を休むべき。

こうして、世を厭う（厭世）長明は、世を遁れる（遁世）道に入る。いわゆる出家遁世する。長明は隠遁者という系譜につながる人物となる。

それでは、長明の出家は確固とした信念のもとに行われたのか。じつは、彼の出家は失意と不遇による出家であった。もともと生家の神職を継ぐことを望みながら果たせなかった。いわば就職運動に失敗した。これが彼の人生の第一の挫折であった。さらに彼が自負していた和歌の才能で世に出ることに腐心したが、これも先輩たちに恵まれず、歌壇への登場を阻まれた。人生第二の挫折である。偏屈で一途な性格にも一因があったが、こうして長明はやむを得ず、「みじかき運をさとり」、「五十の春を迎へて、家を出で、世を背け(そむけ)り」と都の郊外に隠れ、五十四歳で日野に方丈の庵を結ぶ。だが挫折による出家は都への未練が断ち切れないのか、つねに都の望める近郊を選んで移り住む。日野は今の京都市伏見区日野である。

　長明の出家はしたがって不本意な遺恨の出家であった。無常とか厭世といっても、それは現世執着の裏返しとして自覚的に出てきた観念である。「身に官禄あらず、何に付けてか執(しふ)をとどめむ」と書いているが、いっぽう、方丈の住まいから、「おのづから、都に出でて、身の乞匃(こつがい)となれる事を恥づといへども、帰りてここに居(を)る時は、他の俗塵に馳(は)する事をあはれむ」と語る。もし、真から都を捨てたのなら、都に出て身の乞食となる事を恥じることなどないはずである。長明の出家にはどうしても不徹底さと未練がましさが見え隠れしているのである。

　それだけに、長明は隠棲しても、現実社会への旺盛な好奇心と執着心を抱きつづけていた。それは『方丈記』前半に迫力をもって描かれた同時代史の記述に見られる。

「常なきこと」が「常なること」であるという日本人の無常観は、現世否定的というよりむしろ現世肯定的なメンタリティに根ざしている。そこから日本人の「あきらめ」の死生観が生まれたともいえる。これは、長明の現世執着の裏返しの無常観や厭世観にも見られるのである。

災害へのまなざし

世を背いた鴨長明はしかし、たんなる隠遁者ではなかった。世の無常を語るという名目のもとに、じつは彼長明は「今の世のありさま」をきわめて冷徹にそして執拗に記録していくのである。『方丈記』前半に描かれた同時代史の記述である。

それは、安元三(一一七七)年の大火、治承四(一一八〇)年の辻風、養和元(一一八一)年の飢饉、元暦二(一一八五)年の地震、そして治承四年の福原遷都。このうち福原遷都を除いてすべて自然災害である。福原遷都も人災という視点で描かれているので災害ともいえる。

ときに源平争乱の渦中、貴族の世から武家の世へと時代は大きく転回していくさなか、とりわけ政治的関心の強いはずの男長明は、政権の交代、戦乱の帰趨など、天下国家のことに一言もふれず、ひたすら天災・飢饉・疫病にうちのめされていく民衆の運命に眼を据え、その「変りゆくかたちありさま」をできるかぎりリアルにルポルタージュしていくのである。

たとえば、最初の大火の条りでは、「火元は、樋口富の小路とかや、舞人を宿せる仮屋より出で来たり」と書く。それは、今の京都市河原町五条と特定できる。火元はその小路のダンサーのバラックだというのである。今の新聞やテレビの報道記事とまったく同じである。長明は今の新聞記者あるいはテレビのレポーターといえる。

なかでも圧巻なのが、「養和のころとか、……世の中飢渇して、あさましき事侍りき」にはじまる養和飢饉の条りである。「春・夏ひでり」とあるように、それは旱魃飢饉であった。これによって平家の基地であった西国は大打撃を受け、東国の源氏との合戦に敗退する。しかし、長明は権力の交代には一言もふれず、「国々の民」の生き死にのかたちだけを次のように書き込んでいく。

> これによりて、国々の民、或は地を棄てて境を出で、或は家を忘れて山に住む。さまざまの御祈りはじまりて、なべてならぬ法ども行はるれど、更にそのしるしなし。京のならひ、何わざにつけてもみなもとは田舎をこそ頼めるに、たえて上るものなければ、

さのみやは操もつくりあへん。念じわびつつ、さまざまの財物、かたはしより捨つるがごとくすれども、更に目見立つる人なし。たまたま換ふるものは、金を軽くし、粟を重くす。乞食、路のほとりに多く、憂へ悲しむ声耳に満てり。

この「田舎をこそ頼めるに、たえて上るものなければ」、「金を軽くし、粟を重くす」という条りは、戦中戦後の食料不足を体験した者にとっては身にしみる個所である。『方丈記』の文章は民衆の歴史の「事実」をありのままに伝え、さらに、「乞食、路のほとりに多く、憂へ悲しむ声耳に満てり」と民衆の生き死にの「真実」を読む者の聴覚にとどめ、さらに飢饉につづく疫病流行の光景の条りでは、次のように視覚から嗅覚にまで訴えるのである。

はてには、笠うち着、足ひき包み、よろしき姿したるもの、ひたすらに家ごとに乞ひ歩く。かくわびしれたるものどもの、歩くかと見れば、すなはち倒れ伏しぬ。築地のつら、道のほとりに、飢ゑ死ぬるもののたぐひ、数も知らず。取り捨つるわざも知らねば、くさき香世界に満ち満ちて、変りゆくかたちありさま、目も当てられぬこと多かり。

きわめて臨場感のみなぎった描写である。この一行一行は、同時代に描かれた『餓鬼草紙』の亡者や餓鬼たちのさ迷い歩く現場の映像のナレーションともいえる。それは、数知れない人びとの「目も当てられぬ、変りゆくかたちありさま」そのものであった。

日本人は事件の現場を見たがり、事実を知りたがる。長明自身がそうだったのである。彼自身が現場に駆けつけ、その光景を目撃し、その事実を記録したのである。たとえば、養和飢饉のさなかに仁和寺の一人の僧が死者の数を数え上げた行為をこう伝える。

> 仁和寺に隆暁法印といふ人、かくしつつ数も知らず死ぬる事を悲しみて、その首の見ゆるごとに、額に阿字を書きて、縁を結ばしむるわざをなんせられける。人数を知らむとて、四・五両月を数へたりければ、京のうち、一条よりは南、九条より北、京極よりは西、朱雀よりは東の、路のほとりなる頭、すべて四万二千三百余りなんありける。

これは日本における最初の死亡統計である。左京でこれだけ死んだとすると、京全体でほぼ七万の死者、三人に一人の死亡率であった。『方丈記』は国語の教材ばかりでなく、歴史の第一次史料でもある。日本災害史年表にはこの数字がこのまま掲載されている。

長明の歴史観は災害史観とさえいえるが、歴史を動かす生理が飢饉や疫病という災害にあることを日本人は長く生活実感として抱いてきた。その感覚は無常観というかたちで、日本人の死生観に深く根をおろしていったのである。

悲哀感の系譜

災害にこだわる長明が最後に記録したのが、元暦の大地震である。「そのさま」は、さきの阪神大震災の光景そのままである。

そのさま、よのつねならず。山はくづれて河を埋み、海は傾きて陸地をひたせり。土裂けて水涌き出で、巌割れて谷にまろび入る。なぎさ漕ぐ船は波にただよひ、道行く馬は足の立ちどをまどはす。都のほとりには、在々所々、堂舎塔廟、一つとして全からず。或はくづれ、或はたふれぬ。塵灰たちのぼりて、盛りなる煙の如し。地の動き、家のやぶるる音、雷にことならず。家の内にをれば、忽にひしげなんとす。走り出づれば、地割れ裂く。羽なければ、空をも飛ぶべからず。

たとえば、この「土裂けて水涌き出で」というのは地震にともなって起こる液状化現象を観察し記録したものである。ところが、長明のまなざしは、この大地震のさなかで起こった一人の子どもの死にぴったりと据えるのである（この個所は大福光寺本に欠き、兼良本に拠る）。

> 其の中に、或る武者のひとり子の六、七ばかりに侍りしが、築地のおほひの下に小家を作りて、はかなげなるあどなし事をして遊び侍りしが、俄にくづれ、埋められて、跡形なく、平にうちひさがれて、二つの目など、一寸ばかりづつうち出だされたるを、父母かかへて、声を惜しまず悲しみあひて侍りしこそ、哀れに悲しく見侍りしか。子の悲しみには、猛きものも恥を忘れけりと覚えて、いとほしくことわりかなとぞ見侍りし。

ところで、こうした災害の細部にまで眼を据え記録していくのであるが、そのとき長明はそれを「哀れに悲しく見」、「子の悲しみ」には恥を忘れるのももっともだと思えると言う。養和飢饉の条りの「憂へ悲しむ声耳に満てり」も、まず長明自身が憂え悲しんでいるのである。

日本人は、現場にこだわり事実を好みながら、事実を判断し行動をとるよりも、長明がしきりに書いているように、なによりもまずそれを「哀れに悲しく見」「憂へ悲しむ」のである。西欧人にももとより悲しみの心情はあるが、それはたとえば「ピエタ」（イエスの死を悲しむマリア）のように悲しみにも神との関わりが見られる。日本人は神を抜きにして、人の生き死にも自然の災厄もひたすら「哀れに悲しく見」「憂へ悲しむ」のである。『方丈記』はわずかに「今の世のありさま、昔になぞらへて知りぬべし」と過去の教訓を示唆するにとどまる。

日本人のメンタリティには、人生や歴史にたいする強い「悲哀感」というべきものが見られる。『方丈記』冒頭の「ゆく河の流れは絶えずして……」という出だしにしろ、また同時代の有名な『平家物語』冒頭の「祇園精舎の鐘の声、諸行無常の響きあり……」の出だしにしても、その無常観も厭世観も、一言でいえば、人生やこの世の出来事を「悲哀」をもって受けとめ語ろうとするメンタリティの表われなのである。

こうした悲哀感の流れは、和歌や後の俳句など日本文芸の主調音であり、また芸能でいえば、謡曲から浄瑠璃、義太夫から浪曲、そして現代の演歌にまで受け継がれている。『方丈記』に見られるのは、この悲哀感を通奏低音とした感傷的で抒情的な日本人の無常観なのである。

この悲哀感はしたがって、日本人の死生観にも基調音として流れている。それは西欧的な悲壮感や悲愴感ではなく、「もの哀しい」「もの寂しい」という表現に近い悲哀感のほうである。

私が行った「死をめぐるアンケート」で、自分の死についてどのように考えるかという質問で、「形容詞でいうと」という項目で多い答えは、「悲しい」「寂しい」であり、ついで「空しい」「はかない」といったことばがつづく。「怖い」「恐ろしい」という答えは若い人にはあるが、全体としては意外に少ない。日本人は死を恐怖感というより悲哀感としてとらえていることが、このアンケートからも推測される。

死を恐怖より悲哀としてとらえるメンタリティは、死に親しさや安らぎを感じることにつながる。じじつ、さきのアンケートでも、死は「安らか」と答える人が「悲しい」に匹敵するほど多い。さらに「清らか」「美しい」「静かな」という答えさえ見られる。

日本人は「悲しみ」の中に「安らぎ」を見ようとする。それが「あきらめ」の境地といえる。また「哀しみ」の中に「愛しさ」を感じとろうとする。「愛しき」と書いて「かなしき」と読ませる場合がある。愛は哀しみなのである。したがって哀しい死も愛しい死と観ずるのである。

数奇——悲哀による自己浄化

さて、長明の終の栖となった一丈四方の「方丈」とは、どんな住まいだったのであろうか。彼はこう説明している。

東に三尺余の庇をさして、柴折りくぶるよすがとす。南、竹の簀子を敷き、その西に閼伽棚を作り、北によせて障子をへだてて阿弥陀の絵像を安置し、そばに普賢を掛き、前に法花経を置けり。東のきはに蕨のほどろを敷きて、夜の床とす。西南に竹の吊棚をかまへて、黒き皮籠三合を置けり。すなはち、和歌・管絃・往生要集ごときの抄物を入れたり。かたはらに、琴・琵琶おのおの一張を立つ。いはゆる、をり琴・つぎ琵琶これなり。かりの庵のありやう、かくのごとし。

この狭い方丈の空間は、見取図的に言えば、北側は宗教的な空間であり、そして「障子」一枚を隔てた南側の空間は芸術的な空間として配置されている。さらに言えば、東側の空間に「夜の床」があり、それが北側と南側の両空間にまたがっている。

こうした住まいの配置はそのまま長明の生き方を表現していた。つまり、彼はここで念仏三昧だけで過ごしていたのではない。長明は歌を詠み、琴や琵琶を弾じ、書をひもどき、月や花をめで、山野を歩く日々を過ごしていた。彼の言う「閑居の気味」である。こうした生き方がいわゆる「数奇」の生き方であった。そして比叡の浄土教の第一人者源信の『往生要集』に傾倒していた長明は『方丈記』の後に大部の往生列伝『発心集』を執筆したが、そこで次のように語っている（第六、九）。

> 中にも、数奇と云ふは、人の交はりを好まず、身のしづめるをも愁へず、花の咲き散るをあはれみ、月の出入を思ふに付けて、常に心を澄まして、世の濁りにしまぬを事とすれば、おのづから生滅のことわりも顕はれ、名利の余執つきぬべし。これ、出離解脱の門出に侍るべし。

花をあわれみ月をおもう数奇の心こそ解脱に通ずるというのである。さらに同じ個所で「和歌はよくことわりを極むる道なれば、これによせて心をすまし、世の常なきを観ぜんわざども、便りありぬべし」と語り、歌を詠むことが発心あるいは極楽往生に導く道であると語っている。そうした往生は「数奇往生」と呼ばれ、美的な往生ともいえる。

花をあわれみ月をおもう数奇の心はまた悲哀の心でもある。人間の本来の欲望を抑圧し修行して往生にいたるのではなく、欲望を芸術的な手段で解放し昇華し、その極みに往生をとげるのである。悲哀感をたたえた美的な恍惚の極みに大宇宙の中に溶け込んで死をとげるのである。

長明は西行を尊敬していたが、西行の「見レ月思レ西」という詞書のついた歌〈山の端にかくるる月をながむればわれも心の西に入るかな〉を意識して、晩年次の歌を詠んでいる。

朝ゆふににしをそむかじと思へども月まつほどはえこそむかはね

この歌には「対レ月忘レ西」と詞書があるように、朝夕に西方浄土のことを考えようとしているが、月を待っているうちに、いつの間にか西に向かいたくない、西方浄土には行きたくなくなる、というのである。ここには長明の西（浄土）より月（現世）、仏（宗教）より美（芸術）に傾斜する「数奇の心」がはっきりと見える。

こうした信仰心より数奇心に傾きがちな長明は、『方丈記』の最終場面で、「閑居の気味」を高らかに謳いあげた直後、一転して激しい自己断罪のことばを吐露する。我とわが心をひき据え、「妄心のいたりて狂せるか」と自問自答し、「心更に答ふる事なし」と匙を投げる。

自らの弱さをさらけ、自らに自責の鞭をあてる長明に、後の夏目漱石などに見られる近代的な自己批判と自己相対化の精神を見ることができるが、むしろ彼自身は、その前段で語っている次の個所のような自立した生き方に、案外、充足していたのかもしれない。

> 身、心の苦しみを知れれば、苦しむ時は休めつ、まめなれば使ふ。使ふとても、たびたび過ぐさず。ものうしとても、心を動かす事なし。いかにいはむや、つねにありき、つねにはたらくは、養性（やうじやう）なるべし。なんぞ、いたづらに休みをらん。人をなやます、罪業（ざいごふ）なり。いかが、他の力を借るべき。

したがって、これにつづく「夫（それ）、三界（さんがい）はただ心一つなり」という断言も、自虐の裏返しとしての自愛と考えるべきかもしれない。

数奇という風雅の道に心を寄せる自己への否定と肯定、それは自己の弱さを率直に認める強さでもあり、あるいは悲哀による自己浄化ともいえる。そうした長明だからこそ、「国々の民」の「かわりゆくかたちありさま」をひたすら「憂へ悲しむ」のであった。

さて、現代の日本人は「悲しむ」心を失ったといわれる。たとえば、高度成長の申し子である高度医療は生命の延長ばかりをもてはやし、人のいのちのはかなさを悲しむというような心情を蔑視し排除してきた。もしそうなら、日本人は人生やいのちを「愛(かな)しむ（愛惜する）」心をも失ったことになるのではないだろうか……。

たゞ今の一念――吉田兼好

「かなし」から「おかし」へ

つれ〴〵なるまゝに、日くらし、硯にむかひて、心に移りゆくよしなし事を、そこはかとなく書きつくれば、あやしうこそものぐるほしけれ。（序段）

鴨長明から百三十年ほどたった京で、おなじ遁世者吉田兼好は、「あやしうこそものぐるほしけれ」ということばで、名高いこの『徒然草』を語りはじめる。

長明は、「妄心のいたりて狂せるか」と激しく自己を責め立てた。おなじ「狂」という語を使っているが、兼好の場合は「狂おしい」ではなく、「もの狂おしい」である。

日本人は「悲しい」と「もの悲しい」、「寂しい」と「もの寂しい」を使いわけている。

大切な人を失った「悲しい」に対して、秋の枯れ野は「もの悲しい」であり、孤独の「寂しい」に対して、冬の時雨は「もの寂しい」と言う。「物の怪」とおなじで、なにか「もの」が作用してなんとなく悲しく寂しいのが、「もの悲しい」「もの寂しい」であり、「うら悲しい」「うら寂しい」とも言う。したがって、兼好の場合、狂おしいのではなく、なにかにとりつかれなんとなく心がふつうでないようだ、というのである。

「狂せるか」の鴨長明の『方丈記』では、「うれへ」「かなし」「くるし」ということばに満ちていた。長明も「憂へなきを楽しみとす」とは言っていたが、その楽しみに徹しきれなかった。

それに対して、「ものぐるほし」の兼好の『徒然草』では、「をかし」「めでたし」「いみじ」「ゆかし」「のどけし」「心にくし」「おもしろし」、そして「たのし」ということばに満ちている。たとえば、「和歌こそ、なほをかしきものなれ」（第十四段）、「寺・社などに忍びて籠りたるもをかし」（第十五段）、「神楽こそ、なまめかしく、おもしろけれ」（第十六段）、あるいは、「後の世の事、心に忘れず、仏の道うとからぬ、心にくし」（第四段）と語る。

もとより兼好も、「人の亡き跡ばかり、悲しきはなし」（第三十段）とも言っているが、人生や世事の無常をひたすら「憂え悲しむ」のではなく、「世の定めなき（無常）」こそ

「いみじ（味わいがある）」と無常を肯定するのである。

　あだし野の露消ゆる時なく、鳥部山の煙立ち去らでのみ住み果つる習ひならば、いかにもののあはれもなからん。世は定めなきこそいみじけれ。（第七段）

　おなじ無常観とはいえ、長明の詠嘆的無常観に対して、兼好のそれは自覚的無常観といわれる（西尾実『方丈記・徒然草』「日本古典文学大系30」解説）。あるいは、否定的無常観に対して肯定的無常観と言ってもいいかもしれない。

　兼好はだから、つづいて「命あるものを見るに、人ばかり久しきはなし。かげろふの夕べを待ち、夏の蟬の春秋を知らぬもあるぞかし。つく〴〵と一年を暮すほどだにも、こよなうのどけしや」と語るのである。

　このように無常な人生や世事に対して肯定的であろうとすれば、どうしても矛盾や撞着が起こる。たとえば、「世の人の心惑はす事、色欲には如かず。人の心は愚かなるものかな」（第八段）と「色欲」をおそれながら、「万にいみじくとも、色好まざらん男は、いとさう〴〵しく、玉の卮の当なき心地ぞすべき」（第三段）と、いわゆる「色好み」を称揚している。否定しきれない色欲を放埒に解放するのではなく、その「迷い」を「思ひ乱れ」「偲ぶ」ことによって、「やさしくも、面白くも覚ゆべき事」（第百七段）へと昇華し、それを「おかし」と見る。ここが、いわば兼好の生き方の奥義ともいえる。

恋の情趣について、たとえば、「露霜にしほたれて、所定めずまどひ歩き、……独り寝がちに、まどろむ夜なきこそをかしけれ」（第三段）、「男女の情も、ひとへに逢ひ見るをば言ふものかは。逢はで止みにし憂さを思ひ、あだなる契りをかこち、長き夜を独り明し、遠き雲井を思ひやり、浅茅が宿に昔を偲ぶこそ、色好むとは言はめ」（第百三十七段）と語る兼好にとって、性愛が「もののあわれ」に浄化していく境地こそ「おかしく」「ゆかしき」ものなのである。

生老病死の自覚

吉田兼好は生前に京の双が岡という都に近い里山に無常所（墓）を設けていたという。兼好は俗世の遠くにいなかった。来世をたのまない彼は俗世の現実に眼をすえていた。俗世の「大事」こそ「人間の大事」である。彼は次のようにその「人間の大事」を語る。

人の身に止むことを得ずして営む所、第一に食ふ物、第二に着る物、第三に居る所なり。人間の大事、この三つには過ぎず。饑ゑず、寒からず、風雨に侵されずして、閑かに過すを楽しびとす。たゞし、人皆病あり。病に冒されぬれば、その愁忍び難し。医療を忘るべからず。薬を加へて、四つの事、求め得ざるを貧しとす。この四つ、欠けざるを富めりとす。この四つの外を求め営むを奢りとす。四つの事倹約ならば、誰の人か足らずとせん。（第百二十三段）

食・衣・住・薬が揃っていれば、つまり飢えと寒さそして病いに冒されなければ、人は不足を思うことはない。この「大事」は、あらゆる時代の人びとにとって生きる基本である。「この四つ、欠けざるを富めりとす。この四つの外を求め営むを奢りとす」という「足るを知る」生き方は、後の日本人の現実主義的処世観に生きつづける。

ここで衣食住に「病」を人生の大事として加えているが、兼好は病いを自覚的に考えた最初の日本人といっていい。その彼の病気観はいわば心身相関の考えであった。

身をやぶるよりも、心を傷ましむるは、人を害ふ事なほ甚だし。病を受くる事も、多くは心より受く。外より来る病は少し。薬を飲みて汗を求むるには、験なきことあれども、一旦恥ぢ、恐るゝことあれば、必ず汗を流すは、心のしわざなりといふことを知るべし。
（第百二十九段）

兼好は病いを人生の大事と考えるだけでなく、さらにすすんで、「若き人」と「病なく身強き人」を「友とするに悪き者」と決めつけることによって、若者より老人を、健康人より病者あるいは障害者を、価値ある者として位置づける。次は兼好の人間観として取り上げられる個所であるが、ここには病いや老いに価値を置くきわめて先端的な思想がうかがえるのである。

友とするに悪き者、七つあり。一つには、高く、やんごとなき人。二つには、若き人。三つには、病なく、身強き人。四つには、酒を好む人。五つには、たけく、勇める兵。六つには、虚言する人。七つには、欲深き人。
よき友、三つあり。一つには、物くるゝ友。二つには医師。三つには、知恵ある友。
（第百十七段）

兼好はまた、老いについて正面から論じた最初の日本人であった。彼はたんに無常観から老いを論じたのではない。ライフサイクルという近代的なまなざしで老いを位置づけている。彼は若さと老いを比較して次のように論じている。

若き時は、血気内に余り、心物に動きて、情欲多し。身を危めて、砕け易き事、珠を走らしむるに似たり。美麗を好みて宝を費し、これを捨てて苔の袂に窶れ、勇める心盛りにして、物と争ひ、心に恥ぢ羨み、好む所日々に定まらず、色に耽り、情にめで、行ひを潔くして、百年の身を誤り、命を失へる例願はしくして、身の全く、久しからん事をば思はず、好ける方に心ひきて、永き世語りともなる。身を誤つ事は、若き時のしわざなり。

老いぬる人は、精神衰へ、淡く疎かにして、感じ動く所なし。心自ら静かなれば、無益のわざを為さず、身を助けて愁なく、人の煩ひなからん事を思ふ。老いて、智の、若きにまされる事、若くして、かたちの、老いたるにまされるが如し。(第百七十二段)

こう語ったとき、兼好は五十歳台半ばであった。彼は、「かたち」のまさった若さより、「智」のまさった老いに価値を与えている。いちがいに若者は友とするのに「悪き者」ではないかもしれないが、智を尊び心の平静を願う兼好には、若者はただ煩わしく見えたのであろう。「智」よりも「かたち」に価値を与えているシェイプアップ時代の現代日本には、兼好のことばはなかなか受け入れられないであろうが、健康＝若さ、美＝若さという現代人の価値観を見直す時期にきていることもまたたしかである。

　兼好と入れ替えに出てきた能の完成者世阿弥は、『風姿花伝』で芸の美を年齢から論じているが、そこで若さの「時分の花」にまさる芸の花を「誠の花」と言い、さらにその向こうに究極の花として、花の「萎れたる所」という境地を見て、それを「花よりもなほ上の事」と位置づけている。それは能でいえば「翁」にあたる。翁は不老長寿ではなく、老いながら長寿なのである。老いることによって成熟し、死にもっとも近いところにいて、やがて神に変身していく。

　この老い以上に避けられない「大事」が死である。したがって人は死を見たがり話したがる。しかし、「この大事」はだれも判定したり推測できることではない。「人の終焉（死）の有様」はだから、兼好は「たゞ、静かにして乱れずと言はば心にくかるべき」と、次のように語る。

　人の終焉の有様のいみじかりし事など、人の語るを聞くに、たゞ、静かにして乱れずと言はば心にくかるべきを、愚かなる人は、あやしく、異なる相を語りつけ、言ひし言葉も振舞も、己れが好む方に誉めなすこそ、その人の日来の本意にもあらずやと覚ゆれ。この大事は、権化の人も定むべからず。博学の士も測るべからず。己れ違ふ所なくは、人の見聞くにはよるべからず。（第百四十三段）

今日の日本では、マスコミに見られるように、「壮絶な死」をもてはやし、まさに「あやしく、異なる相を語りつけ」、死に過剰な修飾を与え、死を見世物化し事件化する風潮がある。兼好のこのことばは、こうした人の死を冒瀆しかねない現代への警告でもある。

「死は、かねて後ろに迫れり」

ところで、「つれ〲なるまゝに」日を暮らす遁世者兼好にとって、「閑かなる山の奥」はひたすらのどかであったのだろうか。じつは、「花は盛りに、月は隅なきをのみ、見るものかは」にはじまり、さきの色好みを語った第百三十七段の最後は、一転して、次のような切迫したことばで結ばれている。

世を背ける草の庵には、閑かに水石を翫びて、これを余所に聞くと思へるは、いとはかなし。閑かなる山の奥、無常の敵競ひ来らざらんや。その、死に臨める事、軍の陣に進めるに同じ。

どこにいようが、「無常の敵（死）」は勢いこんでやってくる。その死に直面していることは、武士が戦陣に進み出るのと同じである。ところが、人は「生を貪り、利を求めて、止む時」がなく、「老と死」（「先途」）が近いことを顧みようとしない。

蟻の如くに集まりて、東西に急ぎ、南北に走る人、高きあり、賤しきあり。老いたるあり、若きあり。行く所あり、帰る家あり。夕に寝ねて、朝に起く。いとなむ所何事ぞや。生を貪り、利を求めて、止む時なし。

身を養ひて、何事をか待つ。期する処、たゞ、老と死とにあり。その来る事速かにして、念々の間に止まらず。これを待つ間、何の楽しびかあらん。惑へる者は、これを恐れず。名利に溺れて、先途の近き事を顧みねばなり。愚かなる人は、また、これを悲しぶ。常住ならんことを思ひて、変化の理を知らねばなり。（第七十四段）

老いが来て、また病いを受けて、過ぎた事を悔やんでも甲斐はない。だから、人は無常（死）の身に迫ってくることを心にひしとかけて束の間も忘れてはならない。

老来りて、始めて道を行ぜんと待つことなかれ。古き墳、多くはこれ少年の人なり。はからざるに病を受けて、忽ちにこの世を去らんとする時にこそ、始めて、過ぎぬる方の誤れる事は知らるなれ。誤りといふは、他の事にあらず、速かにすべき事を緩くし、緩くすべき事を急ぎて、過ぎにし事の悔しきなり。その時悔ゆとも、かひあらんや。人は、たゞ、無常の、身に迫りぬる事を心にひしとかけて、束の間も忘るまじきなり。

（第四十九段）

死の切迫を説く兼好の音程はますます高くなっていく。足元に火がついたようなあわただしさである。次でいう「生死」の生は死の意味を強めるためにつけたものである。

我等が生死の到来、たゞ今にもやあらん。それを忘れて、物見て日を暮す、愚かなる事はなほまさりたるものを。（第四十一段）

こうして、私たちは『徒然草』全編でもっとも衝撃的なことば、「死は、前よりしも来らず、かねて後に迫れり」に出会うのである。ここで、兼好は、「夏が果てて、秋が来る」のではなく、「夏より既に秋は通ひ」て秋になると言い、「木の葉の落つるも、先づ落ちて芽ぐむにはあらず、下より萌しつはるに堪へずして落つるなり」と言っているが、まことに的確な自然観察といえる。

この四季の推移にはまだ「序（順序）」があるが、生・老・病・死は四季の推移よりまさって速く、しかも死期（臨終の時）には順序がない。そして次に、この「死は、……」の激語がくるのである。しかもそれを干潟の潮が後ろの磯から満ちてくるという自然現象にたとえている。きわめて説得力にとんだ表現である。

春暮れて後、夏になり、夏果てて、秋の来るにはあらず。春はやがて夏の気を催し、夏より既に秋は通ひ、秋は即ち寒くなり、十月は小春の天気、草も青くなり、梅も蕾みぬ。木の葉の落つるも、先づ落ちて芽ぐむにはあらず、下より萌しつはるに堪へずして落つるなり。迎ふる気、下に設けたる故に、待ちとる序甚だ速し。生・老・病・死の移り来る事、また、これに過ぎたり。四季は、なほ、定まれる序あり。死期は序を待たず。死は、前よりしも来らず、かねて後に迫れり。人皆死ある事を知りて、待つことしかも急ならざるに、覚えずして来る。沖の干潟遥かなれども、磯より潮の満つるが如し。

（第百五十五段）

私たちはふつう、死というものは前方からやってくると考えている。しかも人は死ぬことを知りながら、切迫した気持ちで待ち受けていない。だから「覚えずして来る（不意に到来する）」。しかし、死はじつは、いつの間にか背後にピタッとはりついていたのである。生の背後に死がひそんでいたのである。私たちは死の中で生き存在しているのである。ガンで亡くなった四十五歳の主婦山野井道子は、遺稿『ガン病棟にきてみない？』（昭和六十三年）で、「ひとりの患者が亡くなると行列の先頭が空き、自分が一歩前に押し出されたと感じる」と記している。死が後ろから自分を押し出しているという実感である。私たちは死に向かって行進しているのではなく、背後の死から押されながら行進しているのである。

諸縁放下、寸陰愛惜

死は背後に迫り、生に前途はない。それなのに、私たちは俗事や雑事に邪魔されて、空しく日を暮らしている。日暮れて道遠し。我が生はもはや「蹉跎（つまずき進まない）」のである。では、どうしたらいいのか。兼好はまず「諸縁を放下すべき（すべてのかかわりを捨てるべき）」である、と宣言する。

人間の儀式、いづれの事か去り難からぬ。世俗の黙し難きに随ひて、これを必ずとせば、願ひも多く、身も苦しく、心の暇もなく、一生は、雑事の小節にさへられて、空しく暮れなん。日暮れ、塗遠し。吾が生既に蹉跎たり。諸縁を放下すべき時なり。信をも守らじ。礼儀をも思はじ。この心をも得ざらん人は、物狂ひとも言へ、うつつなし、情なしとも思へ。毀るとも苦しまじ。誉むとも聞き入れじ。（第百十二段）

諸縁を放下するためには、「信をも守らじ。礼儀をも思はじ」！　この心のわからない人には正気でないとも、人情がないと思うなら思え、どう言われようとほっておけ！　なんとも兼好の語気は激越である。

このように諸縁を捨て去り、身をしずかにし、心を安らかにすれば、仏道を悟らなくても、しばらくは安楽を得ることができるのである。

未だ、まことの道を知らずとも、縁を離れて身を閑かにし、事にあづからずして心を安くせんこそ、しばらく楽しぶとも言ひつべけれ。「生活・人事・伎能・学問等の諸縁を止めよ」とこそ、摩訶止観にも侍れ。（第七十五段）

兼好は、切迫する死をいかにして乗り越えるべきかという心得として、まず諸縁放下のすすめを説く。ほかの個所でも、たとえば、「直に万事を放下して道に向ふ時、障りなく、所作なくて、心身永く閑かなり」（第二百四十一段）、あるいは「仏道を願ふといふは、別の事なし。暇ある身になりて、世の事を心にかけぬを、第一の道とす」（第九十八段）と、くり返し諸縁放下を説くのである。

この諸縁放下が兼好の死を乗り越える心術の横軸とするなら、もう一つ、死を乗り越える重要な心術の縦軸ともいうべきものが、寸陰愛惜という命題である。諸縁という空間の処理とともに、先のない時間をどう処理するか、という難問である。

兼好は言う。「刹那（一瞬間）」ははっきりわからないが、その刹那を送っていくと、命を終える最期が忽ちやってくる。

寸陰惜しむ人なし。これ、よく知れるか、愚かなるか。愚かにして怠る人のために言はば、一銭軽しといへども、これを重ぬれば、貧しき人を富める人となす。されば、商人の、一銭を惜しむ心、切なり。刹那覚えずといへども、これを運びて止まざれば、命を終ふる期、忽ちに至る。（第百八段）

「されば（だから）」と兼好はつづける。道人（仏道修行者）は遠い先の月日を考え惜しむことはいらない、「たゞ今の一念、空しく過ぐる事を惜しむべし」！　このことばはもとより道人だけに言っているのではない。

　されば、道人は、遠く日月を惜しむべからず。たゞ今の一念、空しく過ぐる事を惜しむべし。もし、人来りて、我が命、明日は必ず失はるべしと告げ知らせたらんに、今日の暮る、間、何事をか頼み、何事をか営まん。我等が生ける今日の日、何ぞ、その時節に異ならん。一日のうちに、飲食・便利・睡眠・言語・行歩、止む事を得ずして、多くの時を失ふ。その余りの暇幾ばくならぬうちに、無益の事をなし、無益の事を言ひ、無益の事を思惟して時を移すのみならず、日を消し、月を亘りて、一生を送る、尤も愚かなり。（第百八段）

この「人来りて、我が命、明日は必ず失はるべしと告げ知らせたらん」という個所は、現代風にいえば余命告知である。しかし、それはたとえばガンの末期患者にかぎったことではない。じつはだれもが、「我等が生ける今日の日、何ぞ、その時節（明日死ぬと言われた時）に異ならん」なのである。

この「たゞ今の一念」ということばは、第九十二段に、「況んや、一刹那の中において、懈怠の心ある事を知らんや。何ぞ、たゞ今の一念において、直ちにする事の甚だ難き」と見えている。

「刹那」は仏語でいう一瞬間。「一念」は一刹那に同じ一瞬間の意。「たゞ今の一念」とは現在のこの一刹那。さらに「一念」には一心と同じ意味のひたすら思う心という意がある。したがって、「たゞ今の一念」は一瞬間を主体的に意識する一つの思念とでもいえよう。

この「たゞ今の一念」ということばにこそ、寸陰愛惜という兼好の時間哲学が込められている。それは、前途を絶たれ背後も絶たれた生、この絶体絶命の生を、「たゞ今の一念」という瞬間を絶対化して生きる、今という存在すべてを時間そのものに凝結して生きる、とでもいえようか。

兼好には、「物皆幻化なり。何事か暫くも住する」（第九十一段）という現世にたいする無常観があるが、幻の生にかわるものを浄土に求め、念仏で極楽往生するという思想はない。現世の諸縁を放下しながらその現世の外に価値を見つけようとしない兼好は、私たち近代人に近い。

現世の諸縁を捨てるだけ捨てた兼好に残されたものは何か？ それがこの「たゞ今の一念」という時間である。『徒然草』の思想的核心を兼好の時間論に見た上田三四二は、「兼好にとって、現世の中でただひとつ幻でない実在は、この時間である。彼の生涯の大事は、死によって切断される人生という時間の包むもののうちにはなく、人生という時間そのものの上にあった」とし、「兼好は、死に向かって直線的に流れてやまない時間を止めるのに、彼の純粋時間を無数の瞬間に微分し、その瞬間瞬間を自己完結させ、凍結させようとした」と論じている（『俗と無常――徒然草の世界』）。

兼好のこの時間哲学は、後に貝原益軒が『養生訓』で、「老いての後は、一日を以て十日とし、日々楽しむべし」と実践的に説いた人生哲学に通ずるのである。

「存命の喜び」、死から生を見る

死後の世界（来世、あの世）による救済を考えない兼好には、生（現世、この世）を厭うという考えはない。むしろ「生を愛すべし」と強く語りかける。

> されば、人、死を憎まば、生を愛すべし。存命の喜び、日々に楽しまざらんや。愚かなる人、この楽しびを忘れて、いたづがはしく外の楽しびを求め、この財を忘れて、危く他の財を貪るには、志満つ事なし。（第九十三段）

この「存命の喜び」というのは、あくまでも死すべき命が生きていることの認識の上に成り立っている。ただ漫然とした生ではない。兼好の思想の根底には、死が生を照らす、死に臨んだ地点から生を見る、という立場が一貫して流れている。「楽しび」の境地も、この死の自覚のうえに成り立つのである。

死の自覚の上に成り立つ「楽しび」はしかし、「しばらく楽しぶ」（第七十五段）というかりそめなものである。諸縁を放下し、寸陰を愛惜し、心身を安楽にし、ようやく得たかりそめの生の内的充足感こそ、「存命の喜び」という「楽しび」なのである。

兼好は、死と隣合わせであった中世に生きていたが、彼はたんに無常観から死を論じたのではない。来世の救済にたよらず、現世を肯定し今という瞬間に生きること、死という臨界点から人生を見ることを説いている。その意味では、『徒然草』は近世から現代の日本人に見られる現世的な死生観の先駆といえるのである。

兼好の言う「たゞ今の一念」という時間把握の思想は、たとえば江戸中期の医学者杉田玄白が七十歳の古希の祝いに作った次の和歌にも見られる。

過ぎし世もくる世も同じ夢なればけふの今こそ楽しかりけれ

玄白は毎年元旦の日記に、自分の年齢を書くだけでなく、今日まで何日生きてきたか、その日数をきちんと数え上げて記している。そこには現世主義的な日本人の生き方が見られるが、ここで玄白が「けふの今こそ」と言っている「今」は、兼好の「たゞ今」の「今」である。それだからこそ「楽しかりけれ」なのである。

また、現代の歌人齋藤史(ふみ)は次のように歌っている。

死の側より照明せばことにかがやきてひたくれなゐの生ならずやも

この「死の側」とは、兼好の言う序を待たない「死期」、死後の世界の死ではなく、死の瞬間の死である。この死に臨んだ瀬戸際から生を見よ、とつねに言っていたのが兼好であった。

生から死を見るのではない。死から生を見るのである。生は生によって輝くのではない。生は死の側から照らすことによってはじめて輝くのである。

旅を栖とす——松尾芭蕉

日本人と旅

たとえば日本人に、「あなたは何という字がいちばん好きか」とたずねると、多くの人があげる字は、愛、和、幸、光、信、清、明、美などである。これらには願望という含みがあるので、よく子どもの名前につけられる。いっぽう、愛好という含みをもったものとしてあげられる字に、「夢」と「旅」がある。この二つは、そのことばのもつ意味、そして字のかたち、さらにユメ、タビという音感が、日本人の好みにぴったりなのであろう。「夢」は近ごろは墓石などにも刻まれるようになったが、夢という字が好きなのは人生を夢と観ずる日本人のいわば死生観を表わしている。夢の非現実性にくらべ、旅は現実性をおびているし、日本人は旅そのものが昔からたいへん好きであったが、旅という字が好きなのも、じつは夢とおなじように、人生を旅と観ずる日本人の死生観の表われでもある。

旅と死生観といえば、まず思い浮かぶのはいうまでもなく、芭蕉である。名高い『おくのほそ道』は、次のように「旅」という字のリフレインではじまる。

月日は百代の過客にして、行かふ年も又旅人也。舟の上に生涯をうかべ、馬の口とらへて老をむかふるものは、日々旅にして旅を栖とす。古人も多く旅に死せるあり。

さきに『方丈記』にふれ、日本人は人の一生も世の中もすべて「川の流れ」と観ずるということを見てきたが、それはそのまま人生を移り行く旅と観ずるメンタリティにつながる。「人生の旅」という言い方をよく使うように、日本人は人生そのものを旅と表現したがる。

かりに、人生＝旅ならば、芭蕉の言うように、「日々旅にして旅を栖とす」、つまり旅＝栖であり、人生に栖はいらない。芭蕉は奥の細道の旅に出るにあたって、「住る方は譲り」（住居を処分し）ている。人生を川と見た鴨長明は、それでも栖にこだわっていた。人生を旅とする芭蕉は、一所不住あるいは無所住の旅を栖とし、現実の栖を捨てた。芭蕉は「栖去之弁」という一文でこう言っている。

なほ、放下して栖を去り、腰にたゞ百銭をたくはへて、柱杖一鉢に命を結ぶ。なし得たり、風情、終に菰をかぶらんとは。

『幻住庵記』の最初の草稿では、「この六年昔より旅心常となりて、武蔵野に草室もとく破り捨て、無庵を庵とし、無住を住とす」と書いており、また『笈の小文』では、「猶、栖をさりて器物のねがひなし。空手なれば、途中の愁もなし」と述べ、栖を持たない者の解放感を自賛している。〈旅に病で……〉という最後の句も、旅の途上で病んだというだけでなく、芭蕉は旅そのものを病んでいたという意味にもとれる。

芭蕉をして「終に菰をかぶらん」という覚悟で栖を捨て旅に駆り立てたものは、『おくのほそ道』の書き出しにある、「いつれの年よりか、片雲の風にさそはれて、漂泊のおもひやまず」という「漂泊」という内的衝動であり、それは「そゞろかみの物に付きてこゝろくるはせ」という自分の意志ではどうすることもできない数奇あるいは俳諧への激しい愛執であった。

じつは、芭蕉は実際の旅をしていないときも漂泊の人であり、庵住しているときも旅の人であった。それだけに、旅という実際の行動に入ったときの芭蕉の弾んだ気持ちは、

『笈の小文』の旅の門出にあたって詠まれた次の一句に見事に表わされている。

旅人とわが名呼ばれん初時雨

今日の日本人にも、この句のような生き方を願い求める心は生きつづけている。たとえば池波正太郎の『原っぱ』（昭和六十三年）という作品に、変わりゆく東京の片隅で暮らす六十過ぎの男同士が交わす会話に、「……あそこは、故郷じゃない。旅をしているつもりで暮せばいいんだ」「……そうか、これからは、旅人になったつもりで暮す決心をしたんだね」という一節がある。「旅人」と呼びかけられたいというのは、多くの日本人の心の底の願望なのかもしれない。ちなみに五月十六日は「旅の日」とされているが、それは芭蕉が奥の細道へ旅立った元禄二年三月二十七日（陰暦）を記念し、日本旅のペンクラブが昭和六十三年にきめたものである。

しかし、観光や仕事の旅行ではなく、芭蕉のいう「旅人」の境涯になるには、住まいにとらわれていてはできない。さきの阪神大震災で自宅が倒壊し、特別養護老人ホームで九十七年の生涯を全うした俳人永田耕衣は、〈枯草や住居無くんば命熱し〉と詠んだ。住まいを忘れ、住まいを捨てたとき、「柱杖一鉢に命を結ぶ」とき、はじめて「旅人」になり、生きている「命」を体感することができるのである。

「道路に死なん」――旅と死

芭蕉が白河の関を越え、飯塚（今の飯坂）にたどりついたのは、江戸を立って一カ月あまりたった元禄二年五月一日のことであった。宿にした家は出湯（いでゆ）はあるが、莚（むしろ）敷きのあやしき貧家、灯もなく、囲炉裏のほとりで寝ていると、夜に入って雷鳴、雨はもり、蚤や蚊にせめられて眠れない。しかも、そこに「持病さへおこりて、消入計（きえいるばかり）になん」であったが、「短夜（みじかよ）の空もやう〳〵明れば、又旅立ぬ」。

芭蕉は、『幻住庵記』などに「病身人にうみて、世をいとひし人に似たり」と記しているように、生来病弱で、疝気（胃腸病）と痔疾に終生悩まされていた。こうした「持病」は辺境の長旅にはもっともよくない。飯塚でおこった持病がどちらであったかははっきりしないが、いずれにしても、それは骨身にこたえる苦痛であった。消え入るばかりになり、心もすすまなかったが、馬をかりて、ふたたび旅立つ。そこに、私たちは、「道路に死なん」という芭蕉の激語に出会うのである。

猶よるの名残、心す、まず。馬かりて、桑折の駅に出。はるかなる行末をかゝえて、かかる病、覚束なしといへど、羇旅、辺土の行脚、捨身、無常の観念、道路にしなん、これ天の命なりと、気力聊とり直し、道縦横に踏て、伊達の大木戸をこす。

芭蕉が死を覚悟して出立したことはいうまでもない。彼の最初の紀行文『野ざらし紀行』の門出にすでに、〈野ざらしを心に風のしむ身かな〉の句が置かれ、旅で行倒れになって、「野ざらし（野に捨てられた髑髏）」になる覚悟であった。「古人も多く旅に死せるあり」と言っているように、旅することは死と隣り合わせであった。それにしても、「道路にしなん、これ天の命なり（たとえ道路で死んだとて、これもまた天命というものだ）」という芭蕉の発語は胸を衝く。さきの「死をめぐるアンケート」中の「死に場所」という問いに当てはめれば、芭蕉は「道路」と答えたのかもしれない。

いっぽう、芭蕉は奥の細道の最初の宿草加のところで、「若生て帰らばと、定めなき頼の末をかけ」と書いている。ここには、生きて帰ればという現実的な願望と、旅そのものは帰るべきところへ帰る旅であるから楽しい、という心がこめられている。

人生を旅と考え、それは帰る旅である、と考えるこうした日本人のメンタリティは、たとえばガンの手術で死を覚悟したとき作られた高見順の詩集『死の淵より』（昭和三十九年）に収められた「帰る旅」という詩にも見られる。彼はこう歌っている。〈……この旅は／自然へ帰る旅である／帰るところのある旅だから／楽しくなくてはならないのだ／もうじき土に戻れるのだ……古人は人生をうたかたのごとしと言った／川を行く舟がえがくみなわを／人生と見た昔の歌人もいた／はかなさを彼らは悲しみながら／口に出して言う以上同時にそれを楽しんだに違いない／私もこういう詩を書いて／はかない旅を楽しみたいのである〉

いっぽう、奥の細道の旅は、更科の旅から帰ってきたところからはじまり、伊勢の旅に出かけるところで終わっている。〈行春や鳥啼魚の目は泪〉の「行く春」にはじまり、〈蛤のふたみに別行秋ぞ〉の「行く秋」に終わっている。それは、旅というものは、始まりが終わりであり、終わりが始まりであり、生から死へ、死から生へ、と永劫にめぐっているものであるということを暗示している。

旅というのは、たんに現世の水平的な空間や線分的な時間の移動ではない。それは、生から死へ、死から生へとつながる連環的な時空である。こうした旅についての観念は、たとえば宮沢賢治の『銀河鉄道の夜』で、主人公の少年ジョバンニが死後の旅体験をしたあと生の世界に戻るが、ふたたび物語の始めのところからおなじ死後の旅体験へとつながっていくモチーフにも表われている。『おくのほそ道』には、こうした生と死の連環を幻視する日本人の死生観の原型がその背後に隠されているのである。

「神体は弥陀の尊像」

奥の細道を旅する芭蕉は僧形で描かれているし、肖像画には数珠を持ったものもある。「一たびは仏籬祖室の扉に入らむとせしも」（『幻住庵記』）とも書いているが、芭蕉は仏門に帰依したのではなく、また栖を捨てて行脚の人生を送ったとはいえ、前代の西行や鴨長明のように、いわゆる出家したのではない。

芭蕉は、同時代の江戸庶民とおなじように、かなり自由な信仰心を抱いていた。たとえば塩竈神社を詣でると、「かゝる道の果、塵土のさかひまで、神霊あらたにましますこそ、吾国の風俗なれと、いと貴けれ」と素直に感激し、また奥の細道のハイライトである松島の景勝に接しては「千早振神のむかし、大山ずみ（大山祇神）のなせるわざにや、造化の天工、いづれの人か、筆をふるひ、詞を尽さむ」と、神代の神々にまで思いをはせている。

ここに「造化の天工」ということばが出てくるが、この「造化」ということばは、万物を創造化育するもの、今のことばでいえば「自然」あるいは「宇宙」ともいえる。『笈の小文』では、「西行の和歌における、宗祇の連歌における、雪舟の絵における、利休が茶における、其貫道する物は一なり。しかも風雅におけるもの、造化にしたがひて四時を友とす。……造化にしたがひ造化にかへれとなり」と語っている。

この「造化」こそが芭蕉にとっての神仏であったといえよう。出羽三山に登ったときも、「霊山霊地の験効（御利益）」に恐れ、「目出度御山」の「雲霧山気」に感応し、「山中の微細、行者の法式として、他言する事を禁ず」を守って、〈語られぬ湯殿にぬらす袂哉〉とその感動を素直に詠んでいる。

奥の細道の旅は、「旅の物うさも、いまだやまざるに、長月六日になれば、伊勢の遷宮おがまんと、又ふねに乗て、蛤のふたみに別行秋ぞ」でしめくくられている。この年、元禄二年は二十一年目毎の遷宮式の年にあたっていたので、芭蕉は伊勢神宮を参拝して、故郷に戻っている。彼はたびたび伊勢神宮に詣でているが、貞享五年（元禄元年）には「伊勢参宮」という次のような一文を記している。

> 貞享五とせ如月の末、伊勢に詣づ。此御前のつちを踏事、今五度に及び侍りぬ。更にとしのひとつも老行まゝに、かしこきおほんひかりもたふとさも、猶思ひまされる心地

して、彼西行のかたじけなさにとよみけん、涙の跡もなつかしければ、扇うちしき砂にかしらかたぶけながら、

何の木の花とは知らず匂ひ哉　　武陵　芭蕉桃青拝

西行の歌〈何事のおはしますかは知らねどもかたじけなさに涙こぼるる〉を受けて、神域から何の木とも知れず、神々しい香りが匂ってくる、と詠んでいるのである。「何の木の花」であれ、日本人にとっては神々しいものは神々しいのである。日本人の神仏習合の多元的な信仰心について、芭蕉は『幻住庵記』で次のように語っている。唯一神道に対して神仏一致の考えを「両部神道」といい、仏（本地）が衆生済度のため神となって現われる（垂迹）という考えである。

石山の奥、岩間のうしろに山有。国分山と云。そのかみ国分寺の名を伝ふなるべし。麓に細き流を渡りて、翠微に登る事三曲二百歩にして、八幡宮たゝせたまふ。神体は弥陀の尊像とかや。唯一の家には甚忌なる事を、両部光を和げ利益の塵を同じうしたまふも又貴し。

八幡宮の御神体が阿弥陀様であるという、この神仏混交の融和をなんの抵抗もなく「貴し」と受け入れる。この芭蕉がいみじくも言った「神体は弥陀の尊像」こそは、まさに日本人の宗教意識をもっとも具体的に説明してくれる。

芭蕉は、伊勢とおなじように奈良にもよく立ち寄った。『笈の小文』の旅のときも奈良を過ぎ、唐招提寺をたずね、開基の唐僧鑑真の像を拝し、「鑑真和尚来朝の時、船中七十余度の難をしのぎたまひ、御目のうち塩風吹入て、終に御目盲させ給ふ尊像を拝して」、〈若葉して御めの雫ぬぐはばや〉とその感動を詠んでいる。この句は今、唐招提寺境内の句碑に刻まれている。

芭蕉は故郷から大坂へ出た最後の旅のときも奈良を過ぎ、〈菊の香やならには古き仏達〉と詠んでいる。おそらく芭蕉の心の底にあったものは、神道や仏教の教義や理法ではなく、今日の私たちにも生き続けている「古き仏達」への理屈を超えた追慕の念ではなかったろうか。

生と死――瞬間と永遠

岩に巌を重て山とし、松柏年ふり、土石老て、苔なめらかに、岩上の院々扉を閉て、物の音きこへず。岸をめぐり、岩を這て、仏閣を拝し、佳景、寂寞として、こゝろすみ行のみ覚ゆ。

閑さや岩にしみ入蟬の声

これは、奥の細道の旅でも名高い山形の立石寺の条りであるが、この〈閑さや……〉の句も数ある芭蕉の句の中でももっともよく知られた句の一つである。日本人の自然観を表わした句としてよく引用される。

「閑かさ」と「蟬の声」はもともと相対立するものである。蟬の声はふつうなら騒音である。それが、「岩」にしみ入ることによって、「閑かさ」に一変する。

その「蟬の声」は、〈頓て死ぬけしきは見えず蟬の声〉という句にあるように、死に対する生の世界である。〈閑さや……〉の句においても、蟬の声は生の世界であり、「土石老て苔なめらか」な「岩」は死の世界である。生の蟬の声が死の岩と一体化する。硬い固体的な死の岩に柔らかい生の蟬の声が液体的に「しみ入る」のである。こうしたイメージを日本人ならごく自然に受け入れるのである。

こうして、相対立する「蟬の声（＝生）」と「岩（＝死）」とが「しみ入る」という相互浸透によって、日本人が求める「閑かさ」という生死一体の閑寂境を現出しているのである。

ここにはまた、「蟬の声」という聴覚的な時間と「岩」という視覚的な空間との一体化という日本的な感性が見られるが、これもまた芭蕉の句の中でもっともよく知られた次の句においても、おなじこの日本的な感性が見られる。

古池や蛙（かはづ）飛びこむ水の音

ここでは、視覚的な「古池」は永遠性の世界であり、聴覚的な「水の音」は瞬間性の世界ともいえる。そして、生の世界の「蛙」が死の世界の「古池」に「飛びこむ」という相互浸透によって、永遠と瞬間とが一体化する。

生きているこの現世の時間と空間の刻々変化してやまない瞬間性に、「造化（宇宙）」の本質である永遠性が顕現するという考え、芭蕉のいう「不易流行」、変わらないもの（不易）と変わるもの（流行）とは一体という考えが、日本人の死生観の根底にある。そして芭蕉自身、「月日は百代の過客（旅人）」と観じ、生死一体のこの死生観を、数奇の旅人として風雅の俳人としてみずから生きたのである。

「捨てがたき情け」

奥の細道の旅においても、たとえば那須野で馬のあとを慕って走る「かさね」という名の少女の話や市振（いちぶり）の宿で同行を涙ながらに訴えたという遊女の話などに、芭蕉の人間とくに異性にそそぐ優しいまなざしを見ることができる。

漂泊の旅に生きたとはいっても、芭蕉はけっして悟りきった人間でも枯れきった男でもなかった。「一つ家に寝た」遊女には、「あはれさしばらくやまざりけらし」という情に深い男であった。『野ざらし紀行』では、「富士川の辺（ほとり）を行（ゆく）に、三ツばかりなる捨子（すてご）の哀（あはれ）げに泣（なく）あり」に出会うと、「いかにぞや、汝ち、にくまれたるか、母にうとまれたるか、父はなんぢを悪ム（にく）にあらじ、母は汝をうとむにあらじ。唯是（たゞこれ）天にして、汝が性（さが）のつたなきをなけ」と感情を抑えることができないのである。

それだけに、芭蕉は故郷を出て栖を捨てたとはいっても、家族や門弟にたいしては終生深い情愛を抱いていた。たとえば、臍の緒を詠んだめずらしい句があるが、「歳暮」という一文で、「慈愛のむかしも悲しく」と亡き父母を偲んで四十四歳の芭蕉は涙している。

代々の賢き人々も、古郷はわすれがたきものにおもほへ侍るよし。我今ははじめの老も四とせ過て、何事につけても昔のなつかしきまゝに、はらからのあまたよはひかたぶきて侍るも見捨がたくて、初冬の空のうちしぐるゝ比より、雪を重ね霜を経て、師走の末伊陽の山中に至る。猶父母のいまそかりせばと、慈愛のむかしも悲しく、おもふ事のみあまたありて、

古郷や臍の緒に泣としのくれ

その芭蕉は奥の細道の旅を終えた四年後の元禄六年、五十歳の春、養子の桃印を失い、その打撃と人間関係の煩わしさを厭い、門戸を閉じて世間との交わりを断ち、「閉関之説」という一文を草した。そこで芭蕉は、捨てがたい恋の情はどうしようもなく、そこにしみじみと心ひかれることも多く、一夜の契りから思いもかけない深い情けに染まり、人目をしのぶ逢瀬も世間の目がなかったら、どんな過ちをしでかすだろう、遊女の情けに溺

れて、家を売り身を滅す例も多いが、老人がなお前途を欲張り、物欲に心を苦しめているのに比べれば、はるかに罪は軽い、とかなり激した調子で、次のように書いている。

> 色は君子の悪む所にして、仏も五戒のはじめに置けりといへども、さすがに捨がたき情のあやにくに、哀なるかた〴〵もおほかるべし。人しれぬくらぶ山の梅の下ぶしに、おもひの外の匂ひにしみて、忍ぶの岡の人目の関ももる人なくば、いかなるあやまちをか仕出でむ。あまの子の浪の枕に袖しほれて、家をうり身をうしなふためしも多かれど、老の身の行末をむさぼり、米銭の中に魂をくるしめて、物の情をわきまへざるには、はるかにまして罪ゆるしぬべく、

これにつづいて、芭蕉は「人生七十を稀なりとして、身を盛なる事はわづかに二十余年也。はじめの老の来れる事、一夜の夢のごとし。五十年、六十年のよはひかたぶくより、あさましうくづをれて、宵寐がちに朝おきしたるね覚の分別、なに事をかむさぼる」と老年の貪欲を激しく責めたて、さらに俳諧などの一芸に秀でた者も煩悩に心を怒らせて救いようがないときめつけ、だから荘子の言うように、利害得失を超越し、「老若をわすれて閑にならむこそ、老の楽とは云べけれ」と書きしるしている。

死の前年に、「五十年の頑夫自書、自禁戒となす」と結ぶこのような激しい自己断罪の文章を書いたについては、たんに養子の死の打撃とか人間関係からの逃避というだけでなく、彼自身に性愛にかかわる秘めた人生体験があったのではないかという疑問が出てくる。ここに芭蕉の妾とも養子桃印の妻ともさまざまにいわれる寿貞という女性の影が浮かび上がってくる。あるいはこの寿貞とのあいだに「おもひの外の匂ひにしみ」るような関係があり、その老いらくの恋を克服するという痛切な思いが、この激越な文章を書かせたのではないかと想像される。

「捨てがたき情け」「ものの情け」がわからなくて、なにが「わび」「さび」というのか。心閑かに老いの楽しみに生きようと決意する芭蕉ではあるが、その胸のうちには老いてなおみずみずしい情念の炎が燃えていたのではないか。そうした心の葛藤こそが人間の真実ではないか、それをこの文章で芭蕉はひそかに告白しているように思えてならない。

「御心静かに御臨終なさるべく候」

芭蕉は、元禄七（一六九四）年十月十二日、旅先の大坂南御堂前の花屋仁左衛門の貸座敷で、「泄痢（下痢症）」による衰弱のため、五十一歳で世を去る。その最後については門弟の各務支考の『笈日記（芭蕉翁追善日記）』がもっとも実際に近い姿を伝えている。それによると、十二月八日、名高い最後の句、〈旅に病で夢は枯野をかけ廻る〉を詠んだことが記され、それが「病中吟」となっていて辞世の句でないことについて、次のような芭蕉の心境を伝えている。

> 自ら申されけるは、「はた生死の転変を前に置きながら、発句すべきわざにもあらねど、平生この道を心にこめて、年もや、半百に過たれば、寝ねては朝雲暮煙の間をかけり、覚めては山水野鳥の声におどろく。これを仏の妄執といましめ給へる直路は、今の身の上におぼえ侍る。この後はたゞ生前の俳諧を忘れむとのみ思ふは」と、返すがへす悔やみ申されしなり。さばかりの翁の、辞世はなどなかりけると思ふ人も、世にはあるべし。

このように俳諧にとらわれている心を「妄執」と激しく責めながらも、九日には以前に詠んだ句が気にかかり作り変えた。そして十日には「支考をめして、遺書三通をした、めしむ。外に一通はみづからかきて、伊賀の兄の名残におくる」。翌十一日、門弟で医師の木節に次のように頼んだという。

その夜も明るほどに木節をさとして申されけるは、吾生死も明暮にせまりぬとおぼゆれば、もとより水宿雲棲の身の、この薬かの薬とて、あさましうあがきはつべきにもあらず。たゞねがはくは、老子（木節）が薬にて最期までの唇をぬらし候半と、ふかくたのみをきて、此後は左右の人をしりぞけて、不浄を浴し、香を焼て後安臥してものいはず。

芭蕉は、今日いうところの過剰医療あるいは延命医療を拒否し、門弟の医師にわが身を託したのである。こうして、十二日飲食もたえ、「名残も此日かぎりならんと、人〳〵は次の間にいなみて」いた。昼に目覚めたので、「粥の事すゝめければ、たすけおこされて、唇をぬらし」た。その日は小春のように暖かで、障子に蠅が集まってくるので、鳥餅を竹に塗って捕っているのを見ておかしがっていたが、その後は「たゞ何事もいはずなりて、臨終申されけるに、誰も〳〵茫然として終の別とは今だに思はぬ也」。これが芭蕉の臨終であった。

ところで、死の二日前に書いた芭蕉自筆の兄半左衛門あて遺書というのは、次のとおりである。又右衛門は兄半左衛門の子、ほかは家族と門弟たちの名前である。

御先ニ立候段残念（に）可レ被ニ思召一候。如何様共又右衛門便（り）ニ被レ成御年被レ寄、御心静（か）ニ御臨終可レ被成レ候。至レ爰申上る事無ニ御座一候。市兵へ・次右衛門殿・意専老を初（はじめ）、不残御心得奉頼候。中ニも十左衛門殿・半左殿右之通（り）。ばゞさま・およし力落し可申候。以上

十月　　　　桃青

松尾半左衛門殿

新蔵ハ殊ニ骨被レ折忝（く）候。

苦しい息の下で芭蕉が最後にしたためた文章には、余計なことばは一切なく、ただ親しい家族と門弟たちの名前だけが列挙されている。ここからは、芭蕉の周囲の人びとに寄せる深い情愛が惻々と伝わってくる。

さらにここに、私たち現代人が衝撃を覚えることばに出会う。それは「御心静かに御臨終なさるべく候」という、年上の兄に向かって述べたことばである。臨終する本人が残る者に向かってその臨終が静かであることを願い、それを最後の別れ

のことばとして書きしるしたのである。愛する者への最後のことばが、その人の臨終という人生の最大事への助言だったのである。もとより、芭蕉自身が「心静かに臨終」できたからこそ、言い得たことばであり、それはまた芭蕉自身が歩んできた生死一如、雅俗一如の全人生を集約したことばでもあった。

芭蕉の最後のこの一語は、自分の死にのみとらわれている私たち現代人には異様に思えるが、他者への想いの中で自らの死を死んでいく臨終こそもっとも「心静かな臨終」であることを、私たちにあらためて教えてくれるのである。

「浮世は夢幻」

老いの楽しみ――井原西鶴

人間五十年の究り(きはま)、それさへ我には余りたるに、ましてや

浮世の月見過しにけり末二年

芭蕉が五十年の生涯をとじた元禄七年の前年、元禄六(一六九三)年八月十日、おなじ大坂で井原西鶴はこんな句を残して世を去る(『西鶴置土産』)。数え年五十二歳であった。「人間五十年」、二年も生きすぎたと西鶴は自嘲している。

江戸時代の人たちはひとしく「人生五十」と意識していた。山本周五郎の『将監さまの細みち』(昭和三十一年)で、病弱の夫と子どもをかかえ岡場所で身をひさぐ二十三歳の主

人公おひろは、ふかい闇の中で、「五十年まえには、あたしはこの世に生まれてはいなかった、そして、五十年あとには、死んでしまって、もうこの世にはいない、……あたしってものは、つまりはいないのも同然じゃないの、……」と呟く。

江戸時代の日本人の平均寿命はきわめて低かった。たとえば、飛驒（岐阜県）のある寺院の過去帳から知られる江戸後期の農民の平均死亡年齢は、男二八・七歳、女二八・六歳であり、飢饉や疫病流行期には一七、八歳であったという（須田圭三『飛驒O寺院過去帳の研究』）。また信州諏訪（長野県）の人別帳によると江戸後期の平均死亡年齢は男四二・七歳、女四四・〇歳であった。江戸の町人たちの例としては、東京都江東区のある寺院の江戸中・後期の出土人骨の平均死亡推定年齢は男三九・九歳、女四〇・四歳。この人骨はすべて成人で、子どもはなかったという。この人骨から見るかぎり、おひろの呟きはもっともであった。

こうした死亡年齢の低さは、いうまでもなく乳幼児（五歳以下）の死亡率の異常な高さによる。この平均寿命の低さは近代日本でもおなじで、明治前半の平均寿命は三十歳台であったといわれ、大正に入って四十歳をようやくこえ、「人生八十年」という時代になったのはつい最近のことである。ただし、その時代もかなりの高齢者がいたことは現代とかわりない。

江戸時代の人たちにとって、「人生五十年」というのは一つの尺度であった。「どれだけ生きられるか」ということは、人生観や死生観に影響を与える隠れた要素である。たとえば「人生八十年」時代の今日、歌手中島みゆきは、〈一〇〇年前も一〇〇年後も私がいないことでは同じ〉(「永久欠番」)と歌っている。江戸に生きていたおひろは「五十年」、現代に生きる中島みゆきは「一〇〇年」。もとより五十年が短く百年が長いとは一概にはいえないが、ライフサイクルの短さは、江戸に生きる人たちのあいだに、命のはかなさ、この世の無常という観念をおのずとつくっていった。

ところで、ここで西鶴は、「浮世の月」と言っている。西行や鴨長明なら、「憂世の月」と言うところである。「憂世」から「浮世」へ、これは中世から近世へ、という時代の転換を言い表わしているし、江戸時代を一言でいえば「浮世」の時代ともいえる。さまざまなところで「浮世」ということばが使われ、人生の短さという観念ともども、人びとの心の奥深くに「この世は浮世」というおもいが定着していき、以後の日本人の死生観を彩っていった。

西鶴の処女作『好色一代男』(貞享元、一六八二年)の出だしにも、「……浮世の事を外になして」とあり、主人公世之介は別名浮世之介、そしてこうした西鶴の作品は「浮世草子」と呼ばれた。芭蕉も浮世ということばを使っている。「浮世絵」をはじめ、書名にもなった「浮世風呂」「浮世床」など、江戸時代は「浮世」の全盛時代であった。その観念は今日にもおよび、「浮世の義理」「浮世の風」「浮世の習い」などという日常語として生きている。

辞書には、「うきよ」とは、①として憂世と書いて憂きことの多い苦しみに満ちた厭うべきこの世とあり、②として浮世と書いてはかなく定めないから浮き浮きと享楽的に過ごすべき世の中とあり、③として社会的な生業をいとなむ現実生活（渡世）、④として当世流行の風俗、遊里の意とある。

中世まではこの世は「憂世」であったが、江戸になってこの世は「浮世」になった。この江戸の「浮世」観を、浅井了意は『浮世物語』（寛文初年刊行）の出だしで、世の中の事はなに一つ自分の思うようにいかないから浮世というのかという問いに、いやその意味ではないと断り、次のように答えている。

> 世に住めば、なにはにつけて善悪を見聞く事、皆面白く、一寸先は闇なり。なんの糸瓜の皮、思ひ置きは腹の病、当座〳〵にやらして、月・雪・花・紅葉にうち向ひ、歌を歌ひ、酒を飲み、浮に浮いて慰み、手前の摺切も苦にならず、沈み入らぬ心立の水に流るゝ瓢箪の如くなる、これを浮世と名づくるなり……

一寸先は闇だから、何事もその場その場で片付けて、月や花を楽しみ、歌を歌い、酒を飲み、手前（家計）が無一文になっても苦にならず、深く思いこまない心立（心意気）で屈託なくスイスイと世の中を生きていく、これを浮世と名づける、というのである。「浮に浮いて」「水に流る、瓢箪」という言い方に、浮世とはこの世の流れに浮きながら生きていく意がよく表現されている。

西鶴も、元禄元（一六八八）年に刊行した町人物の第一作『日本永代蔵』の巻一の第一話で、「一生一大事、身を過ぐるの業、士農工商の外、出家・神職に限らず、始末大明神の御託宣にまかせ、金銀を溜むべし。これ、二親の外に、命の親なり」と、金銀と始末（倹約）の大事なことを説きながら、すぐつづいて人生の短さ、この世の無常を次のように語っている。

　人間長く見れば朝は知らず、短く思へば夕べに驚く。されば、天地は万物の逆旅、光陰は百代の過客、浮世は夢幻といふ。時の間の煙、死すれば何ぞ、金銀、瓦石には劣れり。黄泉の用には立ち難し。

現実主義者の西鶴はつづいて、「近道に、それそれの家職を励むべし。福徳はその身の堅固（健康）に有り。朝夕油断する事なかれ。殊更、世の仁義（義理）を本として、神仏を祭るべし。これ、和国の風俗なり」と説くことを忘れていない。

それはともかく、この「浮世は夢幻」という現世＝浮世＝夢幻という観念は、ライフサイクルの短かった時代に生まれた観念であるが、世界一長寿国となった今日の日本人の死生観の基層にまで根強く生きているのである。

現世利益の日本人

井原西鶴の『日本永代蔵』は、「只金銀が町人の氏系図」（巻六の五）といわれた新興市民階級としての町人の生き方を主題にした日本最初の小説、今日流にいえば企業小説である。前述の巻一の第一話は「初午は乗つて来る仕合せ」と題されている。

さきの「神仏を祭るべし」をうけて、泉州の水間寺の観音は初午に「貴賤男女参詣でける。皆信心にはあらず、欲の道連れ」とあり、参詣人はこの寺で借り銭をする。一銭借りて来年二銭返す。観音の銭なのでだれも間違いなく返す。この寺、信心を利用した高利貸し、今のサラ金業者。借りるほうも「欲の道連れ」であった。

ふつうは十銭（十文）以内の小銭を借りるのに、そのなかに一貫（一千文）も借りていった男がいた。寺ではこの金は返らないと話しあっていた。ところが、その男、それを元手に金貸しをして、元金一貫が八千百九十二貫にまでなった。それを寺に返したので、寺では宝塔まで建立して宣伝したという。西鶴は、「親の譲りを受けず、その身才覚にして稼ぎ出し、……この銀の息（利息）よりは、幾千万歳楽（いくせんまんざいらく）と祝へり」と結んでいる。

ここには、「銀が銀を生む」この世では、親の遺産のない者は「才覚（知力）」で稼ぎ出すことを説いた西鶴一流の処世哲学が語られているが、またここには、日本人の現世利益の宗教心を象徴する話が読みとれるのである。

日本人は多元的コスモロジーを背景に特有の多元的神仏観を抱いてきたが、江戸時代の庶民の間には既成の神社神道や寺院仏教より、地蔵、観音、稲荷、薬師、不動などの民間信仰いわゆる「小さな神々」の信仰が広く深くゆきわたり、とりわけこれら神仏への御利益祈願いわゆる「願かけ」の風習は隆盛をきわめ、それは今日にまでおよぶ隠れたブームになっている。

開運、家内安全、商売繁昌、病気平癒、健康長寿、安産子育て、夫婦和合、今日では受験など、御利益祈願は人生万般に及んでいる。江戸後期にはこうした庶民の需要に応じて御利益ガイドブックが出版された。文化十一（一八一四）年に刊行された万寿亭正二の『江戸神仏願懸重宝記』は、江戸町内で名高い願かけ三十一カ所を案内したもので、このうち病気癒しの願かけがもっとも多い。大坂版としては文化十三年に浜松歌国の『神社仏閣願懸重宝記』が刊行されている。

江戸の町では、こうした現世御利益の神仏としては地蔵や薬師も多かったが、なかでも〈町内に伊勢屋稲荷に犬の糞〉と川柳にあるように、流行神として町人たちがお参りした稲荷が幕末には百二十八社もあり、その多くは今も大東京のビルの谷間に生きつづけている。西鶴が語っている泉州の水間寺（現大阪府貝塚市水間）も本尊は観音であったが、土地の稲荷の本地は水間観音であると称され、稲荷の祭日の初午に詣でる風習となり、そこに庶民の現世利益と寺の商魂がからみ、こうした金貸しの話が生まれたわけである。

多元的信仰と現世利益に馴染んできた日本人の弱さは、たとえば病気になると私はどこにお参りしているから安心といいながら、悪くなるとすぐに泣き言をいう。いっぽう、そうした御利益信仰のなかには、たとえば私が取材した広島県府中市にある首無地蔵のように、戦後生まれの地蔵さんではあるが、病気癒しの霊験談が「実話」として今日でも無数に生まれ深く信仰されている例がたくさんある（拙著『生と死の現在』、『病気を癒す小さな神々』）。

現世利益といえば、「欲と道連れ」といえないこともないが、そこには人間の本音が隠されている。また生死の境に立たされた人がときに不思議な「事実」を体験することがあることまで、合理主義の現代人といえども嗤うことはできない。

たしかに多元的で現世利益的な信仰には、キリスト教やイスラム教のような一神教の強さはない。しかし、神仏に絶対的な強さや権威を期待しない日本人は、別な言い方をすれば、人間の弱さや醜さを容認する柔らかいメンタリティを抱いているといえる。さきの西鶴の処世観にも首尾一貫しない矛盾撞着したところが見られるが、ここにも日本人の死生観の多面性あるいは融通性がうかがえるのである。

「色道」という道徳観

この世は浮世、「浮世は夢幻」と観ずる日本人、しかも現世利益を願う現実主義の日本人が、「浮世の事を外になして」追い求めたものは何か。その一つが、西鶴の『好色一代男』で世之介をして言わしめた「色道ふたつに寝ても覚めても」であった。世之介は「五十四歳までにたはぶれし女三千七百四十二人、少人（若衆）のもてあそび七百二十五人」

という。この一代男の一代記を人びとが競って読んだということは、性愛をいかに日本人が肯定し追求していたかを物語る。

アメリカの女流文化人類学者ルース・ベネディクトは名高い日本文化論の『菊と刀』の「人情の世界」という章で、「日本人は自己の欲望の満足を罪悪とは考えない。彼らはピューリタンではない。彼らは肉体的快楽をよいもの、涵養に値するものと考えている。快楽は追求され尊重される。しかしながら、快楽は一定の限度内にとどめておかなければならない。快楽は人生の重大な事柄の領域に侵入してはならない」と述べ、さらに「日本では快楽は、義務と同じように学ばれる。……彼らは肉体的快楽をあたかも芸術のように練磨する。それから、快楽の味が十分味わえるようになった時に、それを義務のために犠牲にする」と語っている。

こうした肉体的快楽のなかで、ベネディクトの眼にもっとも奇異に映ったのは、やはり「性的享楽に関して、日本人はあまりやかましく言わない」ということであり、それは「日本人は、性は他の人情とひとしく、人生において低い位置を占めている限り、一向にさしつかえないものと考えている」からであると論じている。この説はそのまま今日の日本人には当てはまらないが、遊里や浮世絵などが盛行した江戸時代はまさに性愛はベネディクトの言う「日本人の涵養する人情」だったのである。

それは、『好色一代男』にもあるように、「色道」ということばに象徴されている。性愛は、武道、茶道、華道などとおなじく、学習し修業する「道」の一つと考えられていた。『徒然草』時代の貴族的な「色好み」という数奇の道が、江戸時代に庶民的な「色道」という色の道に変身したのである。性愛は日本人にとって人生のカリキュラムの一つであった。

西鶴の名高い世之介の誕生をうながしたのが、先輩藤本箕山のその名も『色道大鏡』（延宝六、一六七八年）である。遊郭の実地調査をもとに二十五年の歳月を費やして書き上げた色の道のマニュアルである。色道とは、王朝貴族の「雅び」に相当する元禄町人の美意識、遊びの美学である「粋」の意であり、その舞台である遊郭は町人のエネルギー解放の場であり、歓楽と破滅の交差した魅惑的な虚実の世界であっただけに、遊びの美学はまた滅びの美学でもあった（暉峻康隆『元禄の演出者たち』）。

こうした性の解放という風潮にあおられて、ごくふつうの町人男女が家や社会の封建的束縛から解放されようと性愛に走ると、たちまち金銭や世間という「義理」の網の目に捕えられてしまう。そこに美男美女の悲恋ドラマが生まれる。そうした風俗事件をいちはやく脚色して世人の歓心に投じたのが西鶴であった。『好色五人女』は、よく知られたお夏清十郎、おさん茂右衛門、それに八百屋お七などのヒロインを作りあげた。

それらの悲劇はすぐに芝居となり、当時の大衆の涙をさそった。日本独特の色の道は悲哀の道になり、日本独特の遊びの美学は滅びの美学になる。ベネディクトは、「日本の一般観衆はさめざめと泣きながら、運命の転変によって、主人公が悲劇的な最後を遂げ、美しい女主人公が殺されるのを見守る。そのような筋こそ、一夕の娯楽のやまである。人びとはそれを観ることを目当てに劇場に行く」と、日本人の心性を奇異の眼をもって語っている。それは、色道という日本人独特の道徳観の大衆的表現の一つだったのである。

「文化」としての老い

大坂の富裕な町人の子として生まれた西鶴は、若くして俳人として名をなしたが、三十四歳の春に妻を失い、三人の子どもが残された。妻の死後、剃髪して法体となり、商人としての現役を離れ、好きな文芸に没頭し、『好色一代男』にはじまる名作を次々に世に問うたが、元禄元年、町人の経済生活という非文学的な題材を正面から取り上げた作品を書いた。それがこれまでふれた『日本永代蔵』である。

ここに登場する人物には実在のモデルがあったが、西鶴はそれらに彼なりの新たな照明をあて、現代にも通じる「詰まりたる世」を生きていくさまざまな人間の生き方を描いて見せた。

たとえば、巻四の一に出てくる桔梗屋という小さな染物屋。「渡世を大事に」働いていたが、「詰まりたる世」に貧しさがつづき、思いきって正月に貧乏神をまつった。すると霊夢があり、それをもとに新しい紅染を考案し、それを売り捌いたところ、十年もたたないうちに分限者（資産家）になった。そして、「その身は楽しみを極め、若い時の辛労を取り返し」た。

西鶴は、「これぞ人間の身の持ちやうなり」と讃え、さらに「例へば、万貫目持ちたればとて、老後迄その身を使ひ、気をこらして（あくせくして）世を渡る人、一生は夢の世とは知らず、何か益あらじ」と説いている。

西鶴はつづけて、ライフスタイルについて、「人は十三歳迄は弁へなく、それより二十四五までは親の指図を受け、その後は我と世を稼ぎ、四十五迄に一生の家を固め、遊楽する事に極まれり」と述べ、同じ巻四の五で、「若き時、心を砕き身を働き、老いの楽しみ早く知るべし」と、「老いの楽しみ」こそ人生の目標である、とズバリ言っている。

今日のように幸福を人生の前半におくのではなく、人生の後半におく、という生き方である。江戸時代は若さに価値をおくよりも、むしろ老いに価値をおく「文化」であった。

今日の「若返る」という思想はなかった。その「老いの楽しみ」を味わうためには、若い時からの心がけが大切であり、『日本永代蔵』全編はその心がけを説くためのものであった。

その考えは江戸の後期にも変わりなかった。たとえば、江戸庶民の生態を活写した式亭三馬の『浮世風呂』（文化六、一八〇九年）の一節に、金兵衛が亡くなった六郎兵衛について、「六郎兵衛さんも能老入（いいおいれ）だ。息子たちはよく粒が揃（そろっ）て、皆丈夫なり、娘はそれ〳〵にかたづくシ、モウ孫も五六人ある。今往生すれば残る事はねへのさ。あの人も若い内苦労したから、老（としよっ）て楽する。今の若者（わけへもの）は老（としよっ）てから苦労する。身持（みもち）が大きにあべこべだ」と語っている場面がある。

ここで金兵衛が言っている「いい老入」の「老入」というのは、今日のことばでいうと「老後」という意である。今日日常語として頻繁に使われている「老後」という漢語のほかに、江戸時代にはそれにあたることばとして「老入」という和語がよく使われた。今の私たちが「老後がいい」「老後がわるい」というのを、江戸の人は「老入がいい」「老入がわるい」といっていた。

老年期を表わすことばとして、「老後＝老いの後」というより「老入＝老いに入る」というほうが適切であり、前向きなイメージがある。老いを大事にしていた江戸の人たちは、老いを表わすことばも大事に使っていたのである。

別な例をあげれば、武家社会では重役のことを「家老」といい、幕府では「大老」「老中」などといっていた。「老」は年老いた高齢者という意味だけではなかった。与謝蕪村の〈とし守夜老はたうとく見られたり〉という句のように、「老」は尊崇される対象であった。

ところで、西鶴が生きていた時代つまり江戸前期は、今日の低成長期の日本と共通する世相であったが、この金銀だけに左右される町人世界をいかに生きるべきか――、ここで西鶴はなにより「老い」をしっかり視野に入れた人生設計を語る。

西鶴は前述のように、本書の冒頭（巻一の一）で、金銀は命の親だから、「始末」（節約）すべきことを説き、また幸運を得るには「堅固」（健康）でなければならない、そのために朝夕油断してはならない、と説いている。つづいて、「今この娑婆に抓み取り（ぼろ儲け）はなし」であり、「親の譲り（遺産）を受け」ない者は、「その身才覚にして稼ぎ出し」ていくほかないと、「才覚」（知力）を働かすことを力説している。

ところで、もし知恵才覚によらないで、貧病の苦しみを療治できる方法はないものか。巻三の一の主人公箸屋甚兵衛が有徳（富裕者）の人に問うたところ、教えてくれたその妙薬の処方とは、「朝起五両、家職二十両、夜詰八両、始末十両、達者七両、この五十両を細かにして、胸算用・秤目の違ひなきやうに、手合せ念を入れ、これを朝夕呑み込むからは、長者にならざるといふ事なし」と教えられた。ここでいう「両」は薬の目方の単位。「家職」（家業）、「始末」（節約）、「夜詰」（夜勤）、「達者」（健康）、朝起（早起き）の順にあげ、これにつづいて、「大事は毒断あり」として、美食、淫乱、絹物、乗物、博打、花見、日風呂、飲酒、煙草、夜歩き、借金など、数々の「毒断」（タブー）をあげている。

早起きして、仕事に励み、節約して、健康に気をつけ、さらにグルメやセックスや夜遊びに耽らない、これが「詰まりたる世」の江戸人の生き方の指針であった。それはじつは、働き蜂といわれたその後の日本人の勤勉第一主義の生き方でもあった。

「浮世は夢幻」「一生は夢の世」をどう生きるべきか――。西鶴は月並みではあるが、このように勤勉、健康、節約、禁欲を説き、そのかわり楽しみを老後にとって置くことを勧める。「若い時貯へして、年寄りての施し（消費）肝要なり」（巻三の一）という西鶴の人生観は、低成長期で高齢化社会の現代日本人にぴったりの人生指針なのである。

死に際が光る

さきの『日本永代蔵』の巻三の第一話「煎じやう常とは変る問薬(とひぐすり)」の主人公箸屋甚兵衛は、幕府の材木御用商鎌倉屋甚兵衛をモデルにしたサクセスストーリーである。

甚兵衛は前述の富裕者に教えられた処世訓を胸に、江戸は日本橋の南詰に明け方から一日中立ち尽くし、往来の行き交いを眺めていた。しかし大事な物は誰も落とさず、「銭一文、目に角立てても」拾うことはできない。それでも「何とぞ只取る事を」と、甚兵衛は「気を付け、心を砕くうちに」、ハッと気がついた。それは大名屋敷の仕事に出向いた大工や屋根葺きたちが、大声で話しながら二、三百人一団となって帰って行くが、鉋屑や木屑を担いだ見習弟子たちが「檜(ひ)の木(き)の切れ切れ、落ちて廃(すた)るを構はず」ついて行くのである。そこで、それを一つ一つ拾って行くと、駿河町の辻から神田の筋違橋までに、一荷(天秤棒で担う二個の荷)以上になった。そのまま売ると二百五十文の儲け。その後も毎日、大工たちの帰りに合わせ、木屑を拾い集めると、一日五荷より少ないことはなかった。雨の降る日には、この木屑から箸を作り、これを卸し売りしているうち、箸屋甚兵衛といわれる鎌倉河岸(現千代田区内神田一、二丁目)に隠れもない分限者になった。やがて河村瑞軒にも劣らない木山（材木伐採権）の所有者になり、材木町（現中央区室町）に大邸宅を構え、四十年で十万両の内証金（貯蔵金）をもつまでになった。

今、七十余歳になり、「少しの不養生（贅沢）も苦しからじ」と、上等な着物に着替え、旨い魚も食べ、歌舞伎芝居を見物し、茶会などして暮らした。この甚兵衛、一生吝嗇ではなく、「老いの入前（いりまへ）（老後の生活費）賢く取り置き、世に有る程の（一通りの）楽しみ暮し」をしたという。

そこで、評判を聞いて、八十八歳（米寿）の時、「升掻（ますかき）」といって升に盛った穀物を竹の棒でならすこと（米寿の老人に升掻を切らせて縁起を祝うこと）をやったり、子どもの名付け親に頼まれたりした。

西鶴はこの箸屋甚兵衛をこう評している。「人の用ひ（世人に尊重され）、世の沙汰に飽いて（世間の評判が良くて）、この人死光り（しにびかり）、さながら、仏にもならるる心地せり」

ここでいう「死光り」とは、「死際が光る」つまり死際が立派なこと、あるいは「死後に光る」つまり死後に誉れが残るという意である。西鶴は後年『西鶴織留』（元禄七、一六九四年）で、「親でも子でも欲に極る世の中なれば、死跡に金銀を残すべし、是を死光りといふ」と言っており、死後に金銀を残し、葬儀を立派にする意に使っている。近松門左衛門の『女殺油地獄』（享保六、一七二一年）に「何時でも相果てし時の葬礼には、他人の野送り百人より、兄弟の男子に先興跡興昇かれて、天晴れ死光りやらうと思うたに」とある。「死光り」に近いことばに「死に花」がある。「死に花を咲かす」といえば立派に死んで名をあげる意。〈死に花をもつと咲せよ仏哉〉とは小林一茶の句。

死際に光ってこそ、その人の一生が光る！ 生き方にもまして死に方が求められている現代に甦らせたい日本語の一つであるが、西鶴は『日本永代蔵』の最後で、理想とする老後の生活を次のようにイメージしている（巻六の五）。

「人は堅固にて、分際相応に世を渡るは、大福長者にもなほ勝りぬ。家栄えても家継ぎなく、又は夫妻に離れあひ、物事不足なる事は、世の習ひなり」と前置きして、「京の北山の里の人も羨む三夫婦」を紹介する。

その一家は、「そもそも祖父・祖母無事にして、その子に嫁を取り、又この孫成人して嫁を呼び、同じ家に夫婦三組、しかも、幼馴染みにて語らひ（夫婦生活）をなしける事、例もなき仕合せなり。この親仁八十八、その連合ひ八十一。息子五十七、その女房四十九。この子二十六、女は十八。一生少しの煩ひなく、殊更、いづれも挨拶よく（仲よく）、その上身代も、百姓の願ひのままに、田畠、牛馬、男女の召使者棟を並べ、作り取り同然（収穫全部が自分の所得）の世の中。万を心にまかせ、神を祭り仏を信心深く、おのづからその徳備はりて、八十八歳の年の始めに、誰か言ひ出して、升掻を切らせけるに、素直なる竹の林も切り絶ゆるばかり」であるという。

ここに描かれているのは、三世代同居の仕合せ家族である。さきに現世利益のところでふれた家内円満、健康長寿そのままである。

式亭三馬の『浮世風呂』に登場してくる長屋住まいの金兵衛たちの「いい老入」(いい老後)というのも、子どもたちが出来がよく丈夫で孫もでき家内繁栄ということであった。身内の安全と繁栄という内向きな家族的で現世的な人生目標であった。

かの医学者として名高い杉田玄白は晩年「九幸」という号を常用していたが、この九つの幸とは、一に平和な世に生まれたこと、二に都で育ったこと、三に上下に交わったこと、四に長寿に恵まれたこと、五に俸禄を得ていること、六に貧乏しなかったこと、七に名声を得たこと、八に子孫の多いこと、九に老いてなお壮健であること、であった。

これが、近世日本の最高の知識人といわれた人物の人生観だった。天下国家のこともさることながら、それより家族など周囲の人間関係を大切にし、地に足のついた生活を重んずる内向きな生き方といえる。

今日の日本人にもそのまま生きているこうした家族主義、現世主義の生き方、老いを楽しみ、そして死に際に光ることを願う死生観は、西鶴の時代に生まれたといえるのである。

魂離れぬ――近松門左衛門

今は結ぶの神無月。せかれて逢はれぬ身となりはて。あはれ逢瀬(あふせ)の首尾(しゆび)あらば。それをふたりが。最期日(さいごび)と。名残(なごり)の文のいひかはし。毎夜〱の死覚悟(しにかくご)。魂(たましひ)抜けてとぼ〱うか〱身を焦がす。

近松門左衛門の浄瑠璃『心中天の網島』の主人公紙屋治兵衛は、このように相手の遊女小春のもとに「死覚悟」で登場してくる。

この作品は、享保五（一七二〇）年十月十四日未明に起こった心中事件に取材し、同年十二月六日初日で上演された近松世話物の最高傑作とされる。ときに門左衛門六十八歳。

江戸社会の表層には支配階級の堅苦しい儒教道徳にもとづく規範があったが、その下層には金銀ゆえの浮沈があり、都市住民たちは快楽の誘惑に絶えずさらされ、得体のしれない情念に突き動かされていた。

近松の浄瑠璃に出てくる主人公は、そうした社会の下層にうごめく名もない無力な町人、ときには奉公人たちであった。紙屋治兵衛も今日でいえば中小企業のしがない経営者。近松の世話物はいずれもこうした庶民社会に実際に起こった出来事を題材としている。

そうした弱い立場の者が、もし社会的規範つまり「義理」に抗して、愛という「人情」に身を焦がせば、いずれは両者の板ばさみに追い詰められ、自ら破滅に突っ走っていかざるを得ない。しかし世話物とりわけ心中劇は、その弱い者たちにすぐれた人間性のあることを証明しようとする。庶民はそこに、自分たちが日ごろ雑踏のなかでひそかに味わっていた悲哀、つまり自分自身の姿を認め、涙を流したのである。

日本人の人生観の中で今でも根強く生きている「義理」――家族や主従の関係、金銭や体面上の義務――にもとづく道徳律は、もともと外部からその人を規制する社会的規範であったが、いっぽう義理はその人自身の意識と行動を規定する至上命令という一面をもっていた。

「人情」はこれに対して人間的性情から自然におこる欲求であり、したがって「義理」にしばしば歯向かうものである。日本人はこの両者をともに重んじ、ともに生かそうとする。したがって、その両者の調節に苦しむ。しかも解決できない場合が多く、それが身の破滅を招く。近松浄瑠璃に出てくる主人公たちの「心中」は、その破滅的結末である。

さらに、この『心中天の網島』では、本来敵対する治兵衛の女房おさんと遊女小春との間の女同士の義理までが出てくる。「その人を死なせては、女同士の義理立たぬ、どうぞ殺して下さるな」おさんはこう言って小春を救おうとする。義理の相乗である。二人は立場を越えて女としてたがいを思いやるなかで解決の方策に苦しむ。ソポクレスの『オイディップス』と同じように、ここには悪意の人はなく、すべてが善意の人である。悲劇は善意によって起こる。義理と人情の板ばさみになった三人が善意を尽そうとすればするほど悲劇的破局へと導かれ、ついに治兵衛と小春を死へと追いやる。

世間の掟という社会的規範と愛という魂の声にともに誠実であろうとするところに、悲劇が起こる。しかし、治兵衛と小春の場合もそうであったように、彼らはそこでからだは滅びてもなお魂は生きて愛を完成させるということで救われるのである。

死との親密さ

一介の紙屋の主人が一介の遊女に逢いに行くのに「死覚悟」であったということは、死を日常から遠ざけ愛と死とが結びつかない現代の私たちの目にはなにより異常異様に映る。江戸という現代と似た一見安定した泰平の世に生きていた人びとの心の深層に、意外に死を覚悟してまで愛の証しを求めようとする激情が渦巻いていたのである。

町人までがそうであれば、いかに泰平のサラリーマン化した武士とはいえ、彼らに「死覚悟」がないわけではなかった。山本常朝の『葉隠』(享保元、一七一六年)に、次の名高いことばを見るのである。

武士道といふは、死ぬ事と見付けたり。二つの場(いずれかという場合)にて、早く死ぬかたに片付くばかりなり。別に子細なし。胸すわって進むなり。

『葉隠』はまた、「武士道は死狂ひなり。……本気(正気)にては大業はならず。気違ひになり死狂ひするまでなり」とも言っている。

武士は死ぬのが目的ではない。武士はすでに死んだ人間であるごとくに生きているのでなければならない。「毎朝毎夕、改めては死に〳〵、常住死身になりて居る」、これが武士の最優先の徳目であると説く。

死とのこれほどの親密さ――、泰平な世であればこそ、失われた生の証しを死の側から求めようとしたのであろうか。その『葉隠』に、私たちは次のような愛のことばに出会うのである。

恋の至極は忍恋（しのぶこい）と見立て候。逢ひてからは恋のたけが低し、一生忍んで思ひ死する事こそ恋の本意なれ。

いかめしい武士の顔の裏にこのような優しさが秘められていたのである。「思ひ死」とは、思い焦がれて死ぬことであるが、言い換えれば愛による「意志的な死」といえる。卓抜な日本文化論であるモーリス・パンゲの『自死の日本史』（竹内信夫訳）で、愛と死をめぐって、パンゲは藤本箕山『色道大鏡』にふれ、「愛の証しのなかで、〈意志的な死〉がもっとも確かな証しであり、それだけが一切の疑念を永遠に消し去ることのできる唯一の証しであることを、愛のために死ぬのだから二人は本当に愛し合っていたのだということを、彼（箕山）はよく知っていた」とし、治兵衛と小春の愛による「意志的な死」mors voluntaria について、次のように語っている。

死を賭けて、すべての人に逆らって愛し合う者たちは、儒教のようなこの世に生きるためにしか役立たない道徳から眼をそむける。彼らの心のなかには来世の幻想が広がる。そこに彼らは、罪を恕され、「同じひとつの蓮のうえに結ばれて」生まれかわるだろう。阿弥陀仏の恩寵、観音菩薩の慈悲に彼らは自分たちの愛を溶かしあう。死と夜の闇に身を委ね、この世の地平がもはや限ることのない愛の夜明けに彼らは目覚めるのである。

治兵衛と小春の恋は義理に抗し、世間体も分別も超えた純粋なものであった。「あらゆる人間の苦悩のなかで、愛のそれはもっとも不条理な苦悩であり、それゆえもっとも汚れなき苦悩である。愛が無分別であるということ、そこにこそ愛の純粋が、空しく透きとおった炎の純粋にも等しい、愛の純粋が存しているのだ」とパンゲは言う。そうした愛は世間からは到底理解されない。世間に見放された二人は互いの眼のなかにこの世を捨てる力を汲みとろうとする。武士と町民の区別なく日本人の胸の底にある死への親密さが噴出する。二人は「心中」という意志的な死に向かって一挙にすべり込んでいくのである。

「心中」とはもともと愛の証しを立てることであった。文字通り「忠」なる意志という意味をもっていた。それゆえ幕府は「心中」という用語を避け、「相対死（アイタイジニ）」というような用語を考え出すが、それは「心中」という語にとって替ることはできなかった。「心中」という語はいつまでも庶民の心の奥深くとどめられていった。その心の深部にまで幕府の権力も及ばなかった。

そして、パンゲの言う「なぜとも分からぬままに燃えあがり、そして消えてゆく愛の無意味性」「自我の解消（無我）」を理解してくれるのは、もとより合理的で現実的な儒教ではなく、自己放棄を教義とする仏教、なかでもパンゲの言う阿弥陀経、つまり浄土信仰であった。

とはいえ、近松はけっして心中を讃えてはいない。彼らの愛の無意味性を描きつつ、その轍のあとを踏むなという願いをこめて、人間の尊厳を歌いあげたのである。近松の世話物は愛と死がテーマであるが、彼は生あるいはいのちそのものを描きたかったのであり、それを生からでなく死から光を当て、いのちを照らし出してみせたのである。

「道行」――俗から聖への移行

この世の名残。夜も名残。死ににゆく身をたとふれば　仇しが原の道の霜。一足づつ
に消えてゆく。夢の夢こそ　あはれなれ……

これは近松の初期の世話物『曾根崎心中』の「徳兵衛お初道行」の名高い出だしの一節である。『心中天の網島』では最後の「名残りの橋づくし」が道行の場面である。

心中を覚悟して大和屋を出た治兵衛と小春は、すぐにでもどこでも死ぬことができたはずである。それなのに、彼らは天神橋から大川ぞいに歩き、京橋・御成橋を渡って、ようやく「往生場」の網島にたどりつく。

『心中天の網島』の映画シナリオも手がけた作家の富岡多恵子は、治兵衛小春の道行にふれ、「それにしても、死ぬことをかたく決心した男女が、一里もある道をなぜ歩いていくのだろうか」と問い、それは「日常の中の俗なる男女が、「道行」という「移動」の儀式によって、聖なるものとなろうとするのかもしれない」と語っている（『近松浄瑠璃私考』）。

道行は芝居では「花道」で演じられる。花道の基本的な性格は「現世」と「他界」を結ぶトポスである。

治兵衛と小春の道行は橋を渡っていく。橋はもともと此岸と彼岸をむすぶものであり、また俗界と聖界をむすぶものである。橋の向こうは死の世界であり聖なる世界である。橋

（ハシ）は端（ハシ）であり、梯子（ハシゴ）、階（キザハシ）に通ずる。聖なる所には橋や階段が掛けられる。神殿や神社仏閣にはかならず橋や階段がある。そして橋も階段も、「移行」という空間である。それは民俗学でいう移行儀礼（イニシエーション）という観念と深くむすびついている。治兵衛と小春は橋を渡ることによって、俗から聖なる世界へと移行していったのである。

観客は道行に死の暗さや残酷さを感じない。二人が死ぬことに甘美な愉悦さえ感じる。それは二人が聖なる世界へと移行していくことを知っているからである。観客が情死という痴態に崇高な死を感じ、残忍な男女の殺人と自殺を神聖なものと見ることができるのも、日本人の心性の古層にこの道行が俗から聖への移行であるという観念が刷り込まれていたからである。

人は俗だけでは生きられない。聖なる世界をあこがれる。それには橋を渡らなければならない。橋を渡りたい、だが足を踏み出せない。治兵衛小春の道行に涙して人びとはひと時、自らの情念をカタルシス（浄化）するのである。

この『心中天の網島』の道行では、橋を渡る移行に加え、最後の往生場で二人はさらに俗から聖への移行の作法を行う。治兵衛と小春はたがいに髪を切って法師と尼になる。「浮世をのがれし。尼法師。夫婦の義理とは俗の昔」。こうして「義理」を断ち、情死という痴態はさらに聖化されていく。

この芝居は、パンゲの言うように、「思想としてではなく生活の内部に習慣のようにしみこんだ仏教的感情によく共鳴」するように作られており、死んでゆく二人はあの世で結ばれるという日本人に深く根ざした「阿弥陀信仰」に支えられていたのである。

それでもなお、二人はおさんに義理を立て、すこし離れた場所で死ぬ。最後に治兵衛は小春にこう語る。「よしないことに気を触れ最期の念を乱さずとも。西へ〳〵と行く月を如来と拝み目を放さず。ただ西方を忘りやるな」

心中という男女の愛の意志的な死、そこには日本人の「運命への愛」という諦念が見られるが、その根底には俗から聖なるものへの再生という生命力が隠されているのである。

生命といのち、そして魂

網島の大長寺で「所々の死」(別々の死)を覚悟した治兵衛に向かって小春は言う。「からだがあの世へ連れ立つか。所々の死にをしてたとへこのからだは鳶烏(とびからす)につつかれても。ふたりの魂つきまつはり。地獄へも極楽へもつれ立つてくださんせ」泣き伏す小春に向かって、治兵衛はこう答える。

「オオそれよ〳〵このからだは。地水火風死ぬれば空に帰る。五生七生朽ちせぬ。夫婦の魂離れぬ印合点」

死を前にした二人は今、このからだは鳶烏につつかれても、二人の魂はつきまつわり、夫婦の魂は離れないことを固く信じる。

『曾根崎心中』の最後の場面には、「二つ連れ飛ぶ人魂を　よそのうへと思ふかや。まさしう御身とわが魂よ」。「何なう　二人の魂とや。はやわれ〳〵は死したる身か」。「オオ常ならば結びとめ　繋ぎとめんと嘆かまし。今は最期を急ぐ身の　魂のありかを一つに住まん。道を迷ふな　違ふな」とある。また八百屋お七の悲話を脚色した紀海音『八百屋お七』には、「たとへ此身はつらぬかれ　骨は粉となれ灰となれ　魂は此世に留りて　影に付き添ひ身に移り　二世も　三世も　我夫と手に手を取りて蓮華乗……」とある。

近松五十四歳の作に、宝永二（一七〇五）年大坂北の新地天満屋のお島と市郎右衛門との心中事件に材をとり、翌年に上演された浄瑠璃『心中二枚絵草紙』という作品がある。数珠一万遍を繰り終わった時を合図に、場所を異にして死のうと約束し、お島は天満屋の二階で、市郎右衛門は長柄の堤で、同時に命を絶つ。その最後の場面に、「見返る野辺と、中に飛びかふ流星、行きて返らば言伝てん、出でて返らぬ魂の、あこがれ添ふとは知らねども、側に夫のある心」とある。一里の道を隔てて心中した男女が最後に託したのは、やはり「死する時節は、人魂飛んで、その身の影のなきと聞く」という「あこがれ添ふ魂」であった。

ところで、日本人にとって、「生命」と「いのち」とではやや異なった含みをもっている。漢語で「生命」というと、生物学的あるいは医学的な含み、「いのち」というと人間的あるいは文化的な含みとでもいえよう。別な言い方をすれば、「生命」という場合はおもに身体に即して言うのに対し、「いのち」というと「魂」とか「霊」をも含んで言っている。

「限られた生命」「自分だけの命」というときは、一人の人間の命は個として限られ閉じられたものという生命観で、たとえば現代の延命医療はこうした考えに支えられている。いっぽう、「先祖代々受け継いだ命」「あなたはだれそれの生まれかわり」とも言われるが、そのときは人の命は断絶ではなく連続するという生命観、つまり人の命は個をこえて開かれ連続したものという伝統的な考えである。

もし、人の命が個をこえて開かれ連続するものであると考えるなら、身体を離れて

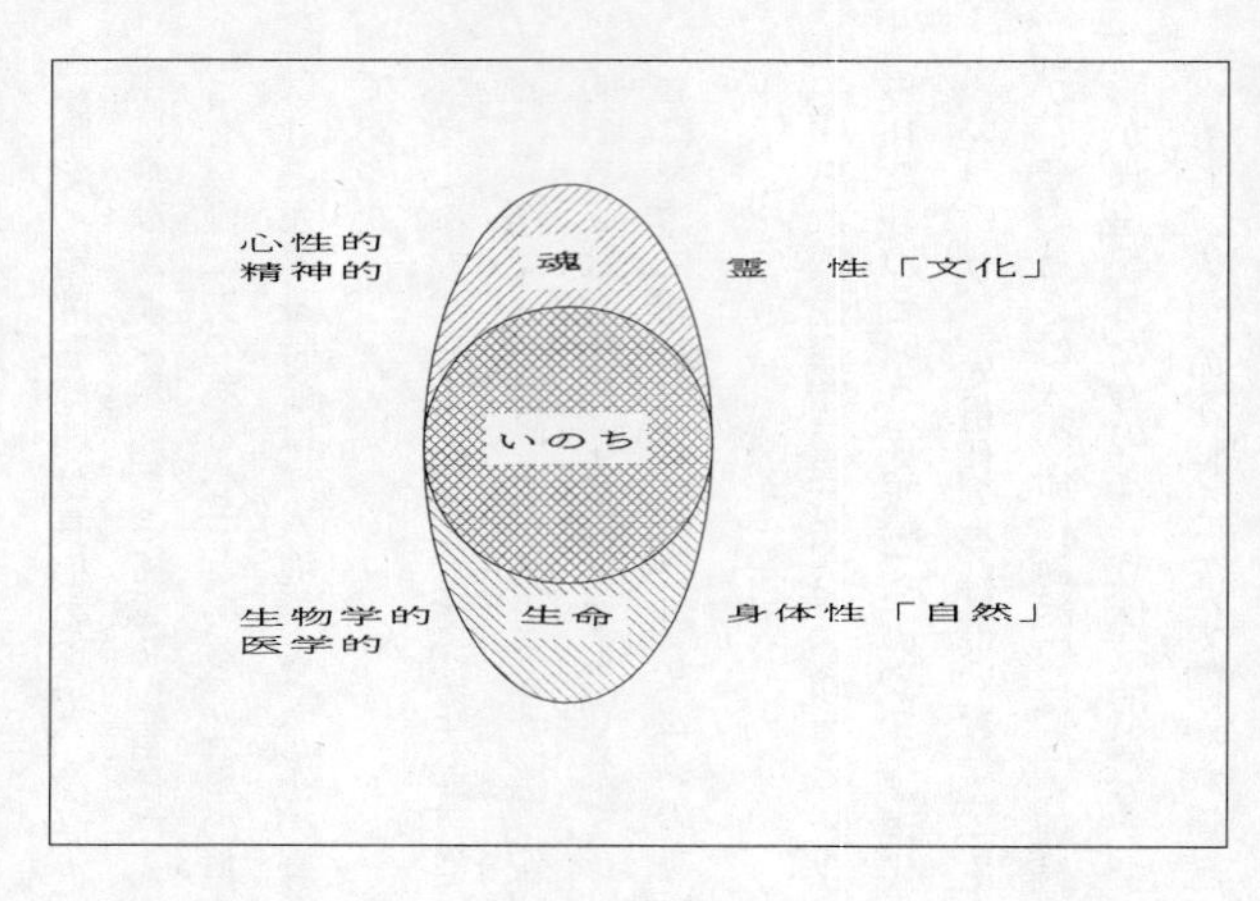

「魂」とか「霊」というものがあると考えなければならない。「魂」を考えに入れると、「いのち」は個体的で物質的な「生命」と個体や物質をこえた「魂」とを包みこんだものともいえる。「生命」と「いのち」と「魂」との関係を、宗教学者の鎌田東二の「日本人の深層的な生死観」（多田富雄・河合隼雄編『生と死の様式』）に示唆を受け、仮に上のような図式で考えてみた。

「魂」とは、ふつう心のはたらきをつかさどり、生命の根源と考えられ、身体を離れて存在し、身体が滅びても（死んでも）存在すると考えられている。そして、おなじ目に見えないものでも、精神のほうは抽象性が強いが、それにくらべ、魂のほうは、たとえば「魂が抜ける」「魂が奪われる」あるいは「刀は武士の魂」というように、やや具象性をおびている。

『万葉集』の「いのち」にかかる枕詞は、「たまきはる」となっている。「たまきはる」のタマは魂、キハルは極まるの意。したがって、「いのち」とは「魂の極まれるもの」ということになる。

身体的な生命なくしては魂を含む「いのち」もないが、個としての限られた生命だけが絶対であるとして身体的な生命だけに固執することは、自然や他者と交流する永続的で宇宙的な「いのち」の存在を否定することになる。

情熱的な恋愛歌人として知られる平安時代の和泉式部は次のように魂がわが身からあくがれ出ていくと歌っているし、現代の女流歌人斎藤史も亡き夫の魂が秋の虚空をゆく姿を幻視している。

ものおもへば沢の蛍もわが身よりあくがれいづる魂かとぞみる　　和泉式部

秋の虚空夜をいだきてつゆ充ちぬいづべのあたり魂はゆくらむ　　齋藤　史

人は死に直面したり、愛の極みを体験するとき、魂の存在を実感する。「夢の知らせ」とか「虫の知らせ」もその一例であり、「共時性」という離れた者同士の共感現象も魂に属することであり、生者と死者との交流には魂が深くかかわっていると考えられてきた。

また、今日の日本人にも「生まれかわり」という考えは根強いが、それはたんに遺伝的特徴が受け継がれているというのではなく、魂というものを媒介して生まれかわると考えられてきた。柳田國男は、「日本人の信仰のいちばん主な点は私は生れ更りといふことではないかと考へてゐる。魂といふものは若くして死んだら、それつきり消えてしまふものでなく、何かよほどのことがない限りは生れ変つてくるものと信じてゐたのではないか。昔の日本人はこれを認めてゐたのである」(『故郷七十年』昭和三十四年)と語っている。

日本人の霊魂観

魂というと、今日の日本では階層や世代によっては非科学的と嗤ったり、戦時中の「日本魂」という超国家思想を思い出して拒否反応をおこしたりする。しかし、魂は本来身近な文化的で民俗的な場で日本人は体験してきた。それは現代においても日本人の心性の深部に生きている。私が行った「死をめぐるアンケート」でも、魂を信じる人は五四パーセントであった。

日本人はもともと死者の霊あるいは魂にたいして畏れと親しみを抱いてきた。死者はしばらくはこの世の恨みなどを背負った荒魂（あらみたま）としてあるが、やがてそれは鎮まって和魂（にぎみたま）として浄化されていくと考えられていた。荒魂（新魂）は怨霊であり、生者に祟りをもたらすので鎮魂の祭りをする。これが日本古来の霊魂観であった。今日でも日本人の民衆レベルの宗教といえば、この霊魂観にもとづく「先祖崇拝」につきる。その具体的なかたちは、お盆に「魂祭（魂迎え、魂送り）」などの先祖の霊をまつる習俗に見られる。どの家でも先祖の霊（ミタマ）をまつることが家のもっとも大切な行事である。日本化した仏教ではそれを先祖供養といっている。死者の霊（魂）をまつることは、個人の家にとどまらず、国家的にもたとえば終戦の日の全国戦没者追悼式の式場中央に「全国戦没者之霊」とある。

日本人は先祖や戦没者の霊をまつるだけでなく、医科大学では病理解剖した患者の霊を鎮め祀るという意図のもとに解剖慰霊祭を毎年行う。このように死んだ者の霊を鎮め祀るということは、日本独自の霊魂観によるのである。

より身近な話題では、たとえば新年を祝う贈り物の「お年玉」は、もともと食べ物とくに餅であったといわれ、九州の甑島では子どもはその餅を与えられて年をとるとされ、今でもその習俗が残っており、その餅を「歳魂」（としだま）と呼んでいる。お年玉の

「玉」も、じつは「魂」という意が込められていたのである(柳田國男『食物と心臓』昭和十五年)。

もとより魂という概念は外国の思想にもあり、古代ギリシアの霊魂観にはじまり、現代ではユングたちの魂を視座に入れていのちを円環的に考える思想がある(西平直『魂のライフサイクル』平成九年)。また遺伝子工学の村上和雄は生命の仕組みの最小単位である遺伝子の調和を可能にしている目に見えない存在を「サムシング・グレート(偉大なる何者か)」と呼び、それは心とは異なる魂とつながっていると考えている(『生命の暗号』平成九年)。

さらに今日、ガンなどの末期患者にたいする緩和医療が注目されているが、WHO(世界保健機関)では、その緩和医療において、ケアする人間の痛みとして、身体的な痛みのほか、精神的な痛み、社会的な痛み、そして霊的な痛みをあげている。最後の霊的とは英語のスピリチュアルのことで、不安とか怖れという精神的痛みとも異なる「魂の痛み」とでもいうべきもので、現代医療の現場に魂が登場してきている。魂を嗤う医療者は今や時代遅れとさえいえる。

ところで、魂、とりわけ死者の魂は、近松の浄瑠璃にもあるように、人魂となって飛ぶと考えられ、それを火の玉と呼んだ。「現代の民話」を採集し記録している作家の松谷みよ子は、『あの世からのことづて』（昭和五十九年）の中で、多田ちとせさんから聞き書きした次のような話をしるしている。

——ちとせさんが七歳のとき、兄の仲間について蛍狩りにいった。その晩、母は西の家の桃代さんが危ないというので見舞いにいっていた。くたびれて土手にしゃがんで何気なく向こうを見ると、母が見舞いにいった西の家の屋根の上を大きな火の玉がすーいと上がっていった。「あ、あー」と叫んだので、みんながそっちを見た。火の玉はゆらゆらとこっちへやってくる。みんな走り出して、箒でたたいたり棒で追い回した。ひとりの子が石を投げたのが当たって、空高く舞い上がって西の家の屋根の煙出しから、すうっとなかへ入っていった。

ちょうどそのころ西の家では、こんこんと眠っていた桃代さんがびくっと動いたので、「気がついた」といって、白湯を飲ましたら、桃代さんはこういったそうだ。「ああ、びっくりした。子供たちに箒で追いまわされて、石投げられてひどい目にあった」

松谷みよ子も言うように、「魂は死に瀕して抜け出すものであるらしく、また抜け出したからといって必ず死ぬるときまったものではないらしい。そして遊行（ゆぎょう）する魂は火の玉となって現ずる。それを笑いすてることは容易である。しかし、あったこと、として語る人の話にも私どもは耳をかたむけてもいいのではないか」。

このように人が死に直面したときその魂が浮遊するという観念は、民話的な事例ばかりでなく、知識人の死体験でも語られている。

たとえば、西欧的合理主義の洗礼を受け近代知識人の先頭をきった夏目漱石は数え年四十四歳のとき胃潰瘍の大吐血をして人事不省になったが、その病床で彼は幻覚的な恍惚状態に陥った。彼はそのときの心身の浮遊感を、「魂が身体を抜けると云つては既に語弊がある。霊が細かい神経の末端に迄行き亘つて」、やがて「余の心は己の宿る身体と共に、蒲団から浮き上がつた」（『思ひ出す事など』）とつづっている。

また、宮沢賢治は肺結核で自宅で病臥していた死の前年、食事を十分とらないため壊血病になり歯ぐきの出血をおこした。このとき賢治は「眼にて云ふ」という詩をつくったが、その中で、〈血がでてゐるにもかかわらず／こんなにのんきで苦しくないのは／魂魄なかばからだをはなれたのですかな〉と歌っている。この賢治の場合も、さきの漱石の場合も、いわゆる臨死体験における体外離脱というより、死に臨んだとき体験する恍惚感あるいは浮遊感と考えられる。なお、賢治の詩に「魂魄」とあるが、「魂」は死んで天上にいき、「魄」は地上にとどまるとも考えられていた（柳田國男『先祖の話』昭和二十年）。賢治の詩ではそこまで区別して使ったのではなく、ふつうの「たましい」という語意である。

現代では、平成四年四十二歳でがんで逝った作家桐山襲（かさね）の遺作『未葬の時』の最終場面に、主人公の男（作者）の魂（たま）が火葬場の煙突から出て、空中をゆっくりと流れていく光景が描かれている。死を前にした作者は、自分の肉体から浮遊していく魂を幻視していたにちがいない。また、筋萎縮性側索硬化症という難病で五十六歳で亡くなった新聞記者で俳人の折笠美秋は『死出の衣は』（平成元年）の中で、霊魂について、それは「常に存在するものではない。私がその人を想い偲ぶ、その時はじめて霊は在り、かつ、その間だけ在る」と語っている。

日本人にはもともと精神（心）と物質（身体）とを対立させて考える伝統はなかった。二元的に対立的に考えると、どうしても矛盾・闘争・相克が生まれる。それを超えるには、この二つのものを包んで二つのものが一つとして生きるものに目覚めなければならない。鈴木大拙はそれを『日本的霊性』と呼んでいる（『日本的霊性』昭和十九年）。彼によれば、精神には倫理性があるが、霊性はそれを超越している、つまり精神は分別意識を基礎にしているが、霊性は無分別智である、という。そして日本的霊性は浄土系思想と禅のなかに発現し、精神と身体を一体化したものとしてとらえる考え方は、日本文化あるいは日本人の宗教意識のなかに洗練されて生きてきた、と語っている。

さて、治兵衛小春は義理と人情の板ばさみから心中をとげた。その意志的な死を、パンゲは愛の純粋による無分別性と無意味性にあるとし、その自己放棄は阿弥陀信仰に支えられていたと論じていたが、来世で結ばれることを願っていた二人が生から死へ一気に飛翔できたのは、日本人が今も昔も親しんできた魂という存在を信じていたからであったともいえるのである。

気をめぐらす──貝原益軒

養生──江戸人の人生指針

養生の術をまなんで、よくわが身をたもつべし。是(これ)人生第一の大事なり。人身は至りて貴(たっ)とくおもくして、天下四海にもかへがたき物にあらずや。

これは、貝原益軒の『養生訓』開巻劈頭に出てくることばである。

江戸時代には今日の「健康」にあたることばはなかった。それにあたるのが「身をたもつ」ということばであった。益軒は言う。人はなによりも「養生」をまなんで健康を保つことである。これが人生でいちばん大事なことである。人のからだこそもっとも貴く重いもので、全世界の何にもかえがたいものではないか──。

今日流にいえば、人生にとっていちばん大事なのは健康であり、人の命は地球より重い、という意味である。現代では、健康こそ第一、そして人の命こそもっとも尊いということは、あまりにも言いふるされ当然のことと考えられている。しかし、江戸時代にあってはきわめて革新的な思想であった。当時はまだ武士たちには「身を鴻毛（こうもう）の軽きに比し、君のため身命を捨てる」といった道徳がまかり通り、それが庶民にも影響を及ぼしていた時代であった。そうした時勢において、はっきりとこの世界でいちばん重いものは人間の生命であり、それを宿すからだである、だから養生を心がけて健康でなくてはならない、と宣言したのである。

健康を人生の主要課題にした益軒のこの宣言は、これまでの日本人にはなかった価値観の登場であり、以後、養生という健康にかかわるコンセプトは、日本人の死生観にまで深く根をおろすのである。

日本を知ることは江戸を知ることであるといわれる。その江戸を生きていた人たち、たとえば武士にしても町人にしても、知識人にしても長屋の住人にしても、あらゆる階層の江戸時代の人びとが日ごろ口癖のように言っていたことばに、「養生」ということばがあった。

養生というと、今日ではおもに病後の手当て、あるいは保養や摂生のこと、ときには建築物などを保護する意味で使われているが、江戸の人たちにとって養生とはどういう意味をもっていたのであろうか。

彼らにとって養生とは、たんなる病後の手当てや病気予防の健康法ではなく、じつはもっと広く深い意味をもっていた。それは現代流行の健康法という狭い意味ではなく、人の生き方にかかわる事柄であり、どう生きるのか、何のために生きるのか、という人生の指針であり指標であった。その意味で、養生という理念は江戸を生きていた人びとが共有していた一つの「文化」でもあった。

養生とはしたがって、自分や家族の個人的な健康願望に応えるものであったが、さらに江戸という社会・文化に根ざした価値観、死生観に立脚して、「いかに生きるか」を説いたものであった。生き方の哲理に裏打ちされた健康の思想と実践、これが養生ということであった。

この養生というコンセプトに集約される江戸人の生き方の基本的な思想をもっとも総括的に教えてくれる著作といえば、この貝原益軒の『養生訓』である。益軒が八十四歳のとき、広い学殖と自らの体験にもとづいて正徳三（一七一三）年に書き上げた。本書はじつは江戸時代随一のロングセラーであり、近代になっても息長く読みつがれた。そのことは、養生ということが、いかに日本人の生き方に広く深くしみ込んできたかを物語るのである。

畏れ、慎み、惜しむ

いのちの尊厳への意識にもとづいた養生という理念は、江戸の人びとにとって重要な倫理となるが、その養生の核心をもし一字で言い表わすと何という字であるか。益軒はこう答える。

> 身をたもち生を養ふに、一字の至れる要訣(ようけつ)あり。是を行へば生命を長くたもちて病なし。……其一字なんぞや。畏(おそるる)の字是なり。畏るるとは身を守る心法なり。……つねに天道(てんどう)をおそれて、つつしみしたがひ、人慾を畏れてつつしみ忍ぶにあり。

「身をたもち生を養ふ」つまり「養生」を一字で言い表すと、「畏」という字であるというのである。「畏れ」とは恐怖の怖れではない、畏敬の畏れである。

ここでいう天道とは自然と言い換えてもいい。自分の生命を生命たらしめている自然に対して畏敬の念をもつこと、養生はこの畏れる心からはじまる、というのである。

そして、「畏れる」心からは、当然のことながら人欲をほしいままにすることなく、「つつしみ忍ぶ」心が生まれる。

『養生訓』には、いたるところに「つねにつつしみて身をたもつべし」とか、「常に畏(おそれ)・慎(つつしみ)あれば、自然に病なし」「色慾をつつしみ」「言語をつつしみ」「つつしみおそれて保養すれば、かへつて長生する」といったことばが出てくる。生命あるいは自然にたいする畏れそして慎み、これが養生の出発点である。

さらに、この畏れ慎むということの次に出てくるのが、「おしむ」ということである。「食は半飽(はんぽう)(満腹の半分)に食ひて、十分にみ(満)つべからず。酒食ともに限(かぎり)を定めて、節にこゆべからず。又わかき時より色慾をつつしみ、精気を惜(おし)むべし」と益軒は説く。『養生訓』の教えというとふつう禁欲の思想、つまり食欲と性欲を抑えひたすら節制する健康法と受けとられている。「色慾をつつしみ、精気をおしむ」ということばは、『養生訓』のいたるところに出てくる。このほか「常に元気をへらす事をおしみて」「気をおしめば元気へらずして長命なり」とある。益軒は自分に与えられた元気や精気をみだりに費やしてはならないとくり返し述べる。

では、この「畏れ」「慎み」「惜しむ」という倫理観は何に根ざしているのか。

そこにはじつは、江戸の人びとの欲望の限界に対する自覚が背後にあると考えられる。

つまり、自分たちが生きている世界の限界、たとえば自分の家の分限、自国の領地の限界、あるいは三百万町歩で三千万人が生きていかなければならない日本の国土の限界ということを、はっきりした意識ではないものの、暗黙に了解していたと思われる。だから、食べすぎたり使いすぎたりはできない。ここに、畏れ慎み惜しむという養生論の倫理が生まれる。

江戸時代がはじまったころの全国の耕作面積は百五十万町歩、それが元禄期には三百万町歩、所得倍増となった。しかし、ここで日本の国土開発は限界に達し、人口は三千万人で固定し、政治経済体制も安定し、鎖国は外への発展をとざし、いわば低成長期あるいは安定成長期の時代となった。高度経済成長後の低成長期に入った現代日本と似かよった時代である。

こうした生活の安定は内向きの世相をつくる。これ以上の発展も変化もないとすれば、人びとは国（藩）や公のことより、まず自分や家族のこと、日々の暮らしのことがなによりも大切に考えるようになる。日本人の現世本位や家族本位の思考様式は、この江戸中期につくられた。

いっぽう、益軒に即していえば、彼が学んだ儒学思想とともに、益軒が不遇だった前半生の人生体験が勤勉と禁欲の思想を彼自身の骨身に植えつけたということもできる。

ところで、「おしむ」は、「いとおしむ」にも通ずる。したがって「おしむ」とはたんなる吝嗇ではなく、自分の命やからだを「いとおしむ」、つまり愛する大切にするという意である。愛すればこそ、やたらに消費しない。大事に大切に、おしみおしみ使えというのである。

益軒のいう「おしむ」はしたがって、禁欲思想とはいえ吝嗇ではなく倹約である。無益のことに妄りに気や財を使わない、それが倹約である。いっぽう益軒は、勤勉と倹約で財を蓄えることを教えながら、財をほどこすことを惜しんではならないとも説いている（『家道訓』）。

そして、「おしむ」という自己と世界との限界に対する自覚は、力の論理を排する。益軒はさらにこう語っている。

万（よろづ）の事、皆わがちからをはかるべし。ちからの及ばざるを、しゐて、其わざをなせば、気へりて病を生ず。分外をつとむべからず。

『養生訓』には「体力」という思想はない。したがって体力を鍛えるという思想もない。日本では今日でも健康＝体力という考えは根強い。それは、富国強兵の国家的スローガンを背景とした明治の健康観に端を発し、健兵健民という戦時中の健康観に引き継がれ、現代の競争社会にまで生き続けてきた。

しかし、最近ようやく「大きいことはいいことだ」「強いことはいいことだ」という考えが問い直されてきた。強さ、大きさ、若さという量的な尺度だけに価値を置いた健康観は全人的な健康観とはいえない。体質とか体調といった量れない質的な価値もある。そして、力は力に依存するが、かならず力には限界がある。だから、益軒はこう戒めるのである。

養生の道はたの（恃）むを戒しむ。わが身のつよきをたのみ、わかきをたのみ、病の少（すこし）いゆるをたのむ。是（これ）皆わざわひの本也。

今日、かつての高度経済成長のときの欲望の無限追求や消費こそ美徳という考えに反省が求められ、成長の限界、限られた地球ということが言われ出した。『養生訓』の価値観は現代の価値観を先取りしていたといえる。

人生を楽しむ

それでは、養生とはただ何かをひたすら畏れ慎み惜しむためなのか――。じつは、畏れ慎み惜しむのも人生を楽しむためなのである。

健康の目的はじつは人生を真に楽しむためである。益軒はこう言う。「およそ人の楽しむべき事、三あり。一には身に道を行ひ、ひが事なくして善を楽しむにあり。二には身に病なくして、快く楽しむにあり。三には命ながくして、久しくたのしむにあり。富貴にしても此三の楽なければ、真の楽なし」

ここでいう「楽しむ」とは、もとより現代風の享楽的な考えではない。健康で長命を保ち、真の楽しみを楽しむということである。人生を楽しむ、これは「天地の生理」であり、楽しむことが「養生の本」である。「楽しむは人のむまれ付たる天地の生理なり。楽しまずして天地の道理にそむくべからず。つねに道を以て欲を制して楽を失なふべからず。楽を失なはざるは養生の本也」と益軒は言う。

人生を楽しむとはただ欲望を満足させることではない。むしろ欲望を制して、真の楽しみを楽しむことである。それには病気をしないで長命でなければならない。ここには、人生の目標を若い時代ではなく人生の後半に置いていた江戸の人たちの人生観がうかがえる。健康で長命でありたいのはただ長生きするだけではなく、老年において人生の真の楽しみを楽しむためである。

江戸時代には、隠居（今の定年退職）してから、大きな仕事をなしとげた人物がたくさんいた。益軒もその一人である。現代のように若さに価値があるのではなく、むしろ老いに価値があった。益軒自身幸福で毅然とした老年だった。彼の実人生からこうした人生観が生まれたのである。

また、楽は「らく」と読める。江戸の人たちは、現代の日本人とちがって、楽に生きていたといえる。もとより生きることはきびしく、つねに死と隣り合わせであったが、今日のようにひたすら闘い競い合う生き方ではなかった。

楽とは安逸無為の「ラク」ではない。平静な心で生きることである。だから益軒はこう言う。「心を静にしてさわがしからず、いかりをおさへ、慾をすくなくして、つねに楽しんでうれへず。是養生の術にて、心を守る道なり」

心によってからだを養い、からだによって心を養う。心は楽にして、からだは使え、という次のことばは、『養生訓』の真髄ともいえることばである。これは、家にあっては静かに読書し、いっぽうよく出歩き、旅装を整えるのも迅速であったという、益軒自身の生活態度そのものから出たことばである。

心は楽しむべし、苦しむべからず。身は労すべし、やすめ過すべからず。

つねに「楽しむ」ことを説いていた益軒に『楽訓』(正徳元、一七一一年)という著作がある。そこには人間いかに楽しむかということが、心をこめて語られている。益軒があげた楽しみとは、自然の楽しみ、読書の楽しみ、旅の楽しみであり、さらに人とともに楽しむことも忘れていない。そして、今日のような外面的な享楽ではなく、なによりも「楽しみは内にあり」ということを重んじていた。

益軒のこうした人生哲学の背後には、吉田兼好とおなじ人生の短さへの切迫感と来世への期待を抜きにした死生観があった。益軒は『楽訓』で、「いのちみじかき事、たとへば朝顔の如く、……死期の近きにあらん事わするべからず」と言い、また「二たび生れくる身にしあらざれば、今よりのち一日も早く日月をおしみ」と言う。とくに老いては時のたつのが早い、だから「時刻をおしみて、一日を以十日とし、一月を以一年とし、一年を以十年として楽しむべし」と説くのである。ここには、この世とこの身を信じるがゆえに、寸陰愛惜という兼好とおなじ時間哲学、つまり瞬間瞬間を絶対化し自己拡大して生きるという死生観が読みとれるのである（八二頁）。

「気」の身体観・病気観

養生とは、畏れ慎み惜しむことである。しかし、だからといってじっと動かないで、安閑としていればいいのではない。益軒は、養生の術は「身をうごかし、気をめぐらす」ことにある、とくり返し説いている。

養生の術は、つとむべき事をよくつとめて、身をうごかし、気をめぐらすをよしとす。つとむべき事をつとめずして、臥す事をこのみ、身をやすめ、おこたりて動かさざるは、甚だ養生に害あり。久しく安坐し、身をうごかさざれば、元気めぐらず、食気とどこほりて、病おこる。

おそらく、『養生訓』の中でいちばん多く使われている語句といえば、「気をめぐらす」という語句であろう。益軒は口ぐせのように、「気をめぐらし」「元気をめぐらし」「血気をめぐらし」と言っている。気をふさぎ、気をとどこおらせてはいけない。そのためには、休んだり眠り過ぎたり、じっとしていてはいけない。「手足をはたらかし」「身をうごかし」て、気をめぐらさなければいけない。

気あるいは元気こそ、「人身の根本」「生の源」「命の主」であるから、養生はこの気をたもち、元気をめぐらすことにある、と益軒は言うのである。

ここで益軒の言う「身」とは、たんなる身体のことではない。日本語の身にはさまざまな意味があるが、なによりもからだとこころを分けない日本人の考え方がよく表されたことばである。ヨーロッパ流のマインド対ボディという二分法的な考え方ではなく、心身相関の考え方である。

今日の私たちに馴染み深い解剖生理学に基づく近代西洋医学の身体観・病気観は、固体的・空間的・部分的な考え方である。それにたいし、この養生論に見られる「気」を基本とする人体観・病気観は、液体的・時間的・全体的な考え方であり、心身相関の考え方である。

生命の源である気はからだのなかをめぐっている。病気もからだをめぐっている。だから気をとどこおらすと病いを生じ、気をめぐらし気をととのえれば病いはなくなる。「百病は皆気より生ず。病とは気やむ也。故に養生の道は気を調るにあり」

そして、「人の腹中にある気も天地の気と同じ」だから、気を調えるには、「呼吸をととのえる」こと（調息の法）が基本となる。現代流行のヨガや気功の基本もみな呼吸法にある。気を調え、からだを整えるのが、生を養う基本なのである。

益軒はまた、気について環境論的な洞察も抱いていた。たとえば、山中の人には長命が多いが、「市中にありて人に多くまじはり、事しげければ気へる」と語っている。都市は欲望の多いところだから養生に良くないというのである。だが益軒はけっして都市生活を否定していたのではない。現状肯定的な益軒は利殖も蓄財も容認し、都市の賑わいに好意を抱いていた。

ところで、益軒は「気」とおなじ意味で「元気」ということばをよく使っている。元気というと、今日の日本人がつね日ごろいちばん好んで使っていることばである。「お元気ですか」あるいは「お元気で」というように、挨拶ことばとして無意識に使っている。このことは、相手のからだの具合についてたずねたり、いたわったりすることを、日常のコミュニケーションにおいてもっとも大切にしている日本人の心性をよく表しているとともに、現代の日本人が健康第一主義の生き方をしている証拠でもある。

この元気ということばのもとは、「減気」であったといわれる。平安後期の説話集『今昔物語』に、「日来(ヒゴロ)ヲ経テ此ノ病少(スコ)シ減気アリ」などのように、病勢が衰えることをいっていた。それが江戸時代になると、「験気」ということばに変わり、治療の効き目があらわれて病気が治る意味に用いられた。西鶴の『日本永代蔵』に、「四百四病は、世に名医ありて、験気をえたる事かならずなり」とある。その後、式亭三馬の『浮世風呂』などに登場する庶民の日常会話に「元気」ということばが出てくるようになり、今日の意味に近い用法で使われるようになった。

医家では後藤艮山や吉益東洞に一、二の用例があるが、元気ということばをもっとも大事にまたもっとも多く用いたのは貝原益軒であるが、彼の言っている元気は、いわば「内なる元気」であって、現代流の外見の元気ではない。

それはともかく、もともと病気の気と元気の気は一つであった。気の向きによって病気にもなり、元気（健康）にもなる。この考え方には、健康と病気とをはっきり対立させない日本人の多元的コスモロジーがうかがえる。そして益軒のいう元気の真意に即してあえて言えば、「病気が治ったから元気になった」のではなく、「元気になったから病気が治った」と言えるのではないだろうか。

それにしても、現代医療が遠ざけてきた気という全体論的な意味内容をもつ「元気」という語がしぶとく生きつづけているのは、今日の日本人の心性の基層に養生論の考え方が生きている現われといえるのである。

益軒は儒医と呼ばれた儒者兼医者であったし、また『大和本草』など厖大な薬学書を著した薬学者でもあった。その益軒はよく「薬をのまずして、おのづからいゆる病多し」、あるいは「みだりに薬を用て、薬にあてられて病をまし、死にいたるも亦多し」と言っている。

益軒は薬学の道を究めていただけに、薬のことを説くにあたっていちばん留意したことは、みだりに薬を用いるな、ということであった。薬学者益軒がくり返し警告している薬害あるいは薬禍は、現代日本人がいちばん耳に痛いところである。

しかし、益軒はたんに薬の害を説いたのではない。その真意は「保養をよく慎しみ、薬を用ひずして、病のおのづから癒るを待つべし」というところにあった。だから「人の身をたもつには、養生の道をたのむべし。針・灸と薬力とをたのむべからず」と言い、こう説くのである。

病を早く治せんとして、いそげば、かへつて、あやまりて病をます。保養はおこたりなくつとめて、いゆる事は、いそがず、其自然にまかすべし。万(よろづ)の事、あまりよくせんとすれば、返つてあしくなる。」

ここに見られるのは、内なる自然への信頼、自然治癒力あるいは自己回復力にたいする確固とした信念である。自分のからだは自分で守り、病気も自然に癒す、という確信である。ここには、自分の健康や病気を安易に医薬や病院に依存するという考えはない。過剰な医療を避け、いそがず時を待つ、ということである。

「気をめぐらす」にも「自然にまかす」にも、大切なのは「時」である。そして、「万の事、あまりよくせんとすれば、返つてあしくなる」、つまり何事も最高を求めすぎると、かえって悪い結果になる。過剰医療への警告である。蘭学者で名医だった杉田玄白も、『養生七不可』(享和元、一八〇一年)で「事なき時は薬を服すべからず」と言い、八十五歳で世を去るとき「医事は自然に如かず」と書き残している。

こうした確信のうえに立つ益軒は、「人の命は我にあり、天にあらず」という老子のことばをたびたび引用している。人の命の長短は、もともと定まったものではない、その人の養生次第、生き方次第であると説いてやまないのである。

このように、『養生訓』はたんに健康のための医学的知識を伝授するというのが目的ではなかった。そこには、人はいかに生きるべきかという一貫した倫理がつらぬかれている。したがって、そこには教えさとすという教育の姿勢がこめられていた。益軒はこの『養生訓』を学者の使う漢文ではなく、民衆が読める平易で情趣にとんだ和文で書いている。民衆のことばで民衆に語りかけているのである。養生は益軒が言う「民生日用の学」であった。その意味では、旅にしても西行や芭蕉の旅と違い、益軒の旅は諸国の風土や産物を見聞するという民衆の生活に役立つ知識の旅であり、それは後の菅江真澄、南方熊楠、柳田國男につづく科学する旅の先駆であった。

「此世なる間はたのしみて」

益軒が唱道した養生という人生指針は、その後、江戸の人びとに広く深く浸透していった。素人向けに書かれた養生書といわれる出版物が江戸中期から大量に出まわった。

江戸も後期になると、従来の禁欲的倫理ではなく、欲望の肯定の上に立った現実的な養生思想が見られるようになった。たとえば、天保期の水野沢斎は『養生弁』(天保十二、一八四一年）の序文で、〈飲みくひも色も浮世の人の慾程よくするが養生の道〉という歌をしるし、いわゆる「ほどほど」の欲望充足の必要を説いている。

沢斎はこの書で、「養生に三ツの法あり。古人是を三養生と云ふ。身養生、心養生、家養生、是なり」という説をあげている。「身養生」「心養生」についてはいうまでもないが、さいごの「家養生」という家内和合、夫婦和合を養生の中に加えている点がいかにも町人向けの実利的な養生論である。そして、この「三養生は鼎の足の如し、心病むときは身傷り、身病むときは家傷る、めぐりめぐりて環の端なきが如し」と説くのである。現世的願望と家の倫理、それに心身の健康を軽やかにむすびつけたいかにも日本的な実践倫理である。こうした処世観は今日の日本人の中にも生きつづけているのである。

じつは益軒も「畏れ、慎み、惜しむ」あるいは「足ることを知る」ことをしきりに説いていたとはいえ、食欲や色欲の欲望自体を否定していたのではない。むしろ欲望を限られた枠の中で許容し、その楽しみを真に享受する指針を説き、欲望の無限追求に陥ることを避けることを説いたのである。

それは、益軒自身の実生活がよく語ってくれる。益軒は江戸時代の封建道徳の教科書と目される『女大学』の種本となった『和俗童子訓』の著者でもあるが、益軒自身は『女大学』にあるような男尊女卑の夫婦関係ではけっしてなく、むしろ益軒夫妻は子どもは得られなかったが、「子なきは去る」どころか、終生仲むつまじく、夫婦対等の温かく開かれた間柄であった。たとえば京への旅には二回ほど夫人同伴で出かけ、日記を見ると、病弱な妻をいたわりながら楽しみをともにしている様子がありありとうかがえる。

ところで、益軒は『家道訓』（正徳二、一七一二年）という著作で、「人に五計あり」としてライフサイクルを設計し、十歳台は父母に養われる「生計」、二十歳台は身を立てる「身計」、三十歳から四十歳にいたる年代は家を保つ「家計」、五十歳台は子孫のことを考える「老計」とし、そして六十歳以上は「わが死後の事をいとなみはかる」べきときで、「死後の事を早くいとなまざれば、死にのぞんでくやしがれどかひなし」とある。この最後については特に何計と記していないが、「死計」とでもいえようか。五十歳台の「老計」は自分の老いのためでなく子孫のためである。わが身のことは六十歳になってから考えるが、そのときは「わが死後の事」を準備するときであるというのである。

益軒は『家道訓』で、「老人は早く棺をこしらへ、葬具をそなへ置くべし」と説いていたが、彼自身、生前に自分の棺をつくらせていた。彼は生涯の伴侶を失って一年とは生きていなかった。おそらく彼はみずから死を待っていたのであろう。

その益軒が世を去る前年、八十四歳のとき、妻の東軒が「愛敬」と書き、益軒が添え書きした夫婦合作の書がある。東軒はこの年夫に先立つ。この書からもうかがえるように、益軒は儒教道徳を説きながらも、人倫の本に「愛」があることを知っていた。益軒はヒューマニズムの思想を先取りしていたといえる。官学の朱子学にも片寄らず、仏教や神道にも距離をおき、天地自然を尊び、実践による経験を重んじ、頭だけでなくからだを信じ、現実と現状を肯定し、明るく楽しく生きるという、きわめて平衡感覚のとれた生き方を貫いた。

『楽訓』の最後に彼は次のようなことばを記している。ここには死をも天命として楽しむ毅然とした精神が見られるのである。

又二たび生れくる身にしあらざれば、此世なる間はたのしみてこそ有ぬべけれ。……いくばくならぬよはひなれば、今よりのち一日も早く、日月ををしみ、……只一すぢに善をこのみ、道を楽てすぐさんこそ、此世にいけるかひあるべけれ。

足るを知る――神沢杜口

日本人の幸福感

あしたに温なる粥をすゝり、ゆふべに結構なる御米を炊て乏しからず、戴之事、今に至て八十余年、常の産なき遊民として、かゝる洪福はいかなるぞや。(一八〇)

これは、今から二百年前、京に住んでいた神沢杜口(かんざわとこう)という文人が自ら編集していた『翁草』(おきなぐさ)という書物に書きしるした感懐である(括弧内の数字は『翁草』の巻数を示す。以下同じ)。これという仕事もしない自分が八十過ぎてもなお朝夕温かな食事ができることは、「なんという幸福なことであろうか」と心から充ち足りたおもいを吐露している。

日本人はもともと、無常観や厭世観が根強く、生への悲哀感と死への親近感が深いと考えられてきた。たしかにそうした傾向は強いが、一面、日本人は現世と自己の人生への肯定的な満足感もそれなりに抱いてきた。たとえば、平成八年の敬老の日、総務庁（現、総務省）が発表した高齢者の生活・意識に関する国際比較調査によると、日本の高齢者は欧米、アジア各国の高齢者と比較して、社交性に乏しく、介護を受けることへの不安が強い反面、「自分は幸せ」と答えた人は四六・一パーセントで、外国に比べ幸福感は突出して高いという（産経新聞、平成八年九月十六日）。

こうした楽天的で肯定的な幸福感は、すでに江戸時代の日本人が抱いていた。たとえば、医学者の杉田玄白は晩年自ら九つの幸福があるとして「九幸」と号していた（一二九頁）。その玄白は古希を迎えたとき、〈過し世もくる世もおなじ夢なればけふの今こそ楽しかりけれ〉と現世肯定の人生観を詠んでいるが、杜口は知識人がよく口にする浮世観について、こう語っている。

斯く浮世を淡しく安らかに経るまゝに、古への名有る人々の、浮を憂にたぐへて、世々の和歌集にも詠つらね置るはいかなる心にや、己が憂きとて斯る目出度世を、あからさまに世の科（とが）のやうにかこち顔なるは、おほけなく、天子東君への恐れを忘るゝに似たり、憂も楽しきもおのが心なれば、此夢の覚やらぬほどは、責来る憂さを払ひのけ、たゞ楽

しく世を経るに如くはなし。（一〇四）

神沢杜口は風雅に生きた文人といっても、おなじ頃おなじ京に住み親しく交わっていた与謝蕪村とはちがって、前半生はふつうの勤め人であった。宝永七（一七一〇）年生まれの杜口は、十一歳のとき神沢家の養子となり、その家付娘と結婚、二十歳頃に養父の跡をついで京都町奉行の与力となる。二百石（実収は約八十石）だから年収税込み約一千万円の公務員。勤務すること二十年、四十歳頃に病弱を理由に退職し、娘婿に跡を譲る。退職後も京に住み、家録の一部をいわば年金がわりに生活の資とし、死ぬまでの四十数年、好きな俳諧のほか、『翁草』二百巻の大著をはじめ、厖大な著作の編述に没頭する。『翁草』からは森鷗外が『高瀬舟』『興津弥五右衛門の遺書』の素材を得ているし、永井荷風は杜口の執筆姿勢を日記に感動を込めて記している。

杜口の幸福感はいうまでもなく、物質的な幸福にあるのではなく、こころの幸福にある。衣食住がある程度叶えられていれば、それでこころは豊かではないか、杜口はこう言う。

我は衣食住を備へて、心常に富貴なり。（一〇四）

「知足」という生活信条

その杜口は、四十四歳のとき妻に先立たれる。子どもは五人いたが、四人は亡くし、末娘が婿養子をとって家を継ぐ。孫は三人生まれたが、二人は死んで、一人だけ残った。ふつうならこの娘一家と暮らすはずである。それなのに、男鰥(おとこやもめ)となった杜口はあえて独り暮らしを選択する。今日ならともかく、江戸時代としては稀れな生き方である。さきの「我は衣食住を備へて、心常に富貴なり」につづけて、次のようにある。

衣食は子孫の者より程よく与れば、麤(そ)食麤服潤沢なり、庵はかりのものなれども、家賃をやればそれだけの主なり、我が身さへかりの世に、自の家他の家と云差別(シャベツ)有べきや。
(一〇四)

独り暮らしを選んだ退職者ならふつう「終(つい)の栖(すみか)」をさだめて落ち着こうとする。しかし杜口はさらに進んで転居を選ぶ。「我仮の庵を、そこ爰(ここ)と住かゆる事十八ヶ所」というから、死までの四十二年間に十八回の転居といえば二年半に一回は引っ越した勘定になる。

当然のことながら、それらの家は借家である。「家賃をやればそれだけの主なり、我が身さへかりの世に、自の家他の家と云差別有べきや」と、京の町中を転々と住み換える。住まい（マイホーム）に固執する日本人には稀な生き方である。

杜口は、転居と借家のすすめの現実的な理由を、「同じ所に居れば情が尽る」（一四二）から住み変えるのだとことわっているが、じつは、そこには「仮の世は、かりの栖こそよけれ」（一四二）という彼自身がモットーとしていた「知足」の生き方の一つの実践があった。だから彼はさきの文章につづいて、こう語っている。

> 唯衣食住に足れば、其上の願ひ有べからず。あきたらず思へば、七珍万宝を積とても、人欲の足る事なけん、なべて六欲の止処（ところ）を、食欲のごとくせば、過（あやま）つ事あらじ、食欲は旦夕に絶せず、飢る所へほどよく哺（ほ）すれば、忽知足す、其上を貪る心無し、若貪て大食すれば身を害す、斯（かく）て半日を過れば又飢ゆ、飢れば又哺し、哺せば足る、世の業（わざ）も是（これ）にたぐへて、己が分限に随ひ、程を過ぬやうに慎み、貪欲は大食に等しければ、身の禍をもうくると心得て慎むべし。（一〇四）

ここに見られる「知足」という考えは、かつて貝原益軒が養生は畏れ慎むことであると説き、「万の事、あまりよくせんとすれば、返ってあしくなる」（『養生訓』）と語っていた考えに通ずる（一六七頁）。

杜口がこの文章をしるした個所は、彼が八十歳近くになって自分の人生を回顧しながら人生観を語ったところであるが、そこに彼は「知足」という見出しをつけている。彼はここで、これまで用いていた可々斎という号と其蜩庵という号の意を、次のように語っている。

翁が号を可々斎と呼は、可は任其可、不可は任其不可の心にて、生涯朗に胸に蔵すの一物無し。はた十とせ余り前より其蜩庵と号するは、いさゝかの隠栖を結びて、夫へ移るとて、頃は文月はじめなれば、「残る世を其日ぐらしの舎り哉、と云つゞけて、倩おもふに、其蜩の二字は、我れに備るいましめの文字なり、翌有りと思へば余念兆す、其日々を老の掘出しと楽しく暮すこそ本意なれと、夫より其蜩をもて庵に号く。（一〇四）

おもえば可も不可もそれぞれにまかし、生涯朗らかに胸に蔵する一物もなしという心境である。明日有りと思うから余念が出てくる。「その日ぐらし」に徹し、「その日その日を老いの掘り出しと楽しく暮らす」のがいい。

こうした楽天的で肯定的な人生観は、日本人が古くから抱いてきた「知足」(足るを知る)という幸福哲学に根ざしている。「足るを知る(足ることを知る)」という思想は老子の「足るを知る者は富む」に見られるが、杜口のいう「知足」は老荘思想によるというより、いわば彼自身の人生体験からじかに体得した生活信条であった。たとえば、天明の京の大火で丸焼けになったとき、「いさゝか知足を失なはんとするを、爰(ここ)こそ一大事なれと、心を取直し」というように使っている。

したがって、杜口のいう「足るを知る」というのは、けっして消極的で厭世的な生き方ではない。また古来知識人に多い出家や行脚の生き方でもない。私生活は慎しみ煩わされないように心がけながらも人間と社会に対しては旺盛な好奇心を抱き、あらゆる情報や事件を貪欲に追い求め、それを記録しつづけた。それは積極的で楽天的な生き方であった。したがって実生活でも杜口は田舎暮らしではなく、都会暮らしを選ぶ。

雲水の身も羨しげなれど、我都の美に馴るゝ事八十年、今更雲水の望は絶ぬ。其美と云は、華奢(クハシャ)の美には非ず、衣は木綿あたゝかし、布涼し、食は米白く味噌醤油うまし、是都の美ならずや。はた行脚の慕はしき時は、千里行の千の字の点を取のけて(カウ)、十里行にして、畿内近国を経歴し、わびしらになれば、日を経ずして我栖へもどる、行もかへるもすみやかなれば、倦（うむ）事なく、懶（ものう）き事もなく、只たのしき許（ばかり）なり。（一四二）

都会暮らしといっても、それはけっして贅沢な生活ではない。温かい木綿と涼しい布に白い米と味噌醤油、これが「都の美」である。もし旅がしたくなれば、なにも大旅行しなくても、都の近辺を歩きまわればいい、疲れることもないし、楽しいばかりだ。「足るを知る」なかで、最大限の楽しみを得るという生き方なのである。

「いき」という人生美学

神沢杜口がこうした「知足」の生活信条を貫くことができたのは、彼自身の気質にもよるが、なによりもさまざまな執着にとらわれないという生き方がその根底になければならない。

人間の執着といえば、衣食住だけでなく、仕事や地位もあるが、まず人間関係とりわけ家族への執着がある。杜口はまず家族への執着をしりぞける。

世の人多くは已が生れざる家に老て、子孫眷属に六(むつ)かしがられ、うとんぜられ、其身もこゝろもまゝならねば、子孫をいぢり、貪瞋痴(トンジンチ)を離れやらず、是(これ)仮の世を忘るゝに似たり。我も子孫なきにしもあらねど、其紲(キヅナ)を断(タチ)て、折々毎に逢見れば、遠いが花の香にて、互にうれしき心地ぞする。(一四二)

人は老いればますます家族に執着する。親子兄弟夫婦の情愛といっても、もともと本能的で独善的なもの、どうしても「愛に迷ふ習ひ」となる。杜口は、「我は其紲を離れて他人あしらひ也。これ余多(あまた)の愁ひにあひたるまゝに、其執着を払ひのける工夫の功を積てかくの如し」と言う。

ある僧がその工夫を教えてくれと問うたのに対して、杜口は「生涯皆芝居なり」と思うことである、と答えている。人生を劇場と考えるということは、自己を相対化・客観化する生き方で、執着を払いのける秘訣かもしれないが、日常そのように生きることは簡単にはできない。そこで、ものにとらわれない別の工夫として、杜口は次のような処世訓を説いている。

世に、がるとくさきと云事あり、がるとは、誉られたがる、出来したがる、成たがる、行たがる、ほしがる、惚られたがるの類、皆願ひのがるにて悪し。同じ事にても嬉しがる、悲しがる、いやがるなどは、生れ付きのがるにて、ゆるすべけれども、それも過るは科なり。くさきも、儒者臭く、坊主くさく、侍くさく、自慢くさく、僭上くさく、上手くさく、すましたらしう、なめしう、我ぶるの類、皆悪し、此臭みより慢心と云虫がわき、我は不正して、他を非に見るの意識になる、是仕込様の甘き故なり、塩加減さへよくすれば、臭気も出ず、虫もわかず、よく馴て熟すなり。(一〇四)

今日ならさしずめ、目立ちたがる、若返りたがる、長生きしたがる、深刻がる、そしてエリートくさく、インテリくさく、官僚くさく、とでもいえようか。これでは、杜口の言う「生涯朗らかに」この世を「淡しく安らかに経る」ことはできない。

杜口が望ましい人物といえば、たとえば、江戸の近郷にいた百歳になるこんな農夫であった。彼は若い時から人に憎まれることもなく、だれからも親しまれ、人柄がよいと評判だった。松平伊豆守が彼を呼び出して、長命の養生法と人に親愛されている秘訣をたずねたところ、彼ははじめ何もないと言っていたが、さらにたずねると、「人は伊達をしないのがいい」と答えた。そこで、伊達というのは若いときのことではないか、年寄りにはあり得ないと笑うと、この老農は、次のように語ったという。

伊達と申すは、若きは若伊達を致し、老人は老人だてを致し、富めば富だて賢きは賢だてをいたし、後生願は後生だてを致し、利口だて力だて器量だて結構だて道だてりっぱだて、品々の伊達、皆人の巧む所にて候が、其伊達をさへ不致候へば、人の気に障る事無之候と申す。（八四）

「伊達」とは、人目をひくようなふるまいをすることで、ことさら意気や俠気を示そうとすること、見栄をはること。「男伊達」というと、男の面目を立てること、男の意気地を貫くことをいう。良い意味の伊達であればいいが、伊達をはり過ぎるとかえって「人の気に障る事」になり、養生にもならず、人から親しまれることにもならない。「寔に田夫の言なれ共、理の当然にして、万に渡る嘉言なり」と杜口はつけ加えている。

杜口は、老いたがる、老人くさき、老人だての老人を嫌った。老いは人にうとまれているのだから、けっして自分で老いをことさら意識し語ったり、また物事を控え目にし来世を願うようなことはしたくないもの、とこう語っている。

浮世の老人を見るに、さらでも打寄する老の浪を、我方より年を寄らせて、老の述懐を人に語り、物毎をひかへ用心し後生を願ふ輩のみなり、我は一々是に反して、先第一に我老を人に語る事嫌ひなり、さなきだに、老は人に疎まるゝ物なるに、面白からぬ悔み事をくり言せんに、人之を聞て何とかせんや、聞人の心迄を悼ましめて、よしなき事一々述るに不及、知れたる事なり。（一七三）

こうした杜口のような生き方を、江戸の人たちのことばでいうと、「いき」な生き方といえる。杜口自身は「いき」ということばを使っていない。おそらくそれは、京では「いき」と言わないで「粋（すい）」と言うこともあるが、「いき」な生き方をしていた杜口自身にとって、「いき」ということばをわざわざ使うこと、つまり「いきがる」ことがもっとも「いき」でなかったからであろう。

江戸時代に完成した「いき」という概念は、今日ではファッションなどで言われることはあっても生き方の美学として使われることはほとんどなくなった。高度成長は日本人を欲望の無限追求になれさせ、「足るを知る」ことを忘れ、「伊達」（見栄）をはり、執着心ばかり強くさせてしまった。「いき」という生き方ともっともかけ離れた風潮である。

「いき」とは、国語辞典には「あかぬけして色気があること」とある。九鬼周造は『「いき」の構造』（昭和五年）で、「垢抜けして（諦め）、張りのある（意気地）、色っぽさ（媚態）」と定義している。さっぱりして、意地が強く、洗練されていること。反対を「野暮」という。

「いき」を杜口流に言えば、足るを知り、紲を断ち、心常に富貴で、その日その日を楽しく暮らすことである。諦めと意気地がなければ、足るを知ることも紲を断つこともできない。そして、ものに執着せず心豊かでいるところに、魅力（色っぽさ）を感じさせるのである。それに対し、ものに執着し、伊達をはり、いきがる、それこそもっとも「野暮」な生き方といえる。

杜口は、封建の世において、世間や家族の紲を断ち、自己の世界に自足した「いき」な人物、たとえば清貧な暮らしで書と酒に生きた亀田窮楽や夫の死後二十五歳で出家して諸国を漂泊した女流俳人菊舎（きくしゃ）などの生き方を賛辞をもって記しているが、じつは、だれよりももっとも「いき」な生き方をしたのは、杜口自身だったのである。

「人も溝虫も差別なく」

神沢杜口はまた、当時の日本人としてはヒューマンな思想をもっていた。そのことは『翁草』のなかに彼がもらした社会批判や人間風刺の声に聞かれる。たとえば、支配階級である武士とその任務である戦いをめぐって、毛利安左衛門という浪人の口を借りて、合戦（戦争）は想像するのとはちがっていかに惨めで哀れで空しいものであるかを語る。安左衛門が言うには、喧嘩などはたがいの怒りから勇気も出て死を顧みることがないが、「合戦は敵に対して、私の忿(いかり)なし、唯忠と義とを楯にして、諍(あらそ)ふ事なれば、喧嘩程に勇気出ざるものなり、去(さ)れば十人が九人迄は、如此日夜悩さるゝと、高名立身の望も失せ果て、哀れ此の軍済(いくさすみ)なば、武士を止め、いかなる賤敷業(いやしきわざ)をしてなりとも、生を過さん物をと思ふ者計(ばかり)なり」（九）なのである。

　葉隠武士のように主君のためには死を顧みないという侍もいたかもしれないが、侍といっても大半はこうした命の欲しい人間であったにちがいない。杜口はそうした本音の人間を愛していた。だから、日本人が命を軽んじることをとりあげ、「人に呵(しか)られたとて死し、笑はれたとて死し、負たとて死し、鞘があたりたとて死し、雑人(ざふにん)の手にかゝらんよりはとて死し、色に溺れては死す。是等は身を殺して仁をなすと思へるや。かやうに今は惜き事に思はざるが、日本心か。……性急なる日本人は従容たる気象は夢にもしらず、古より死するを功にして、破れまじき国家を手前より破りし、十中が八九なり」（異本五〇）と断じている。

あるいは、穏やかな常識人であった杜口は、泰平の世に乗じて流行しだした心中にたいして、若気の無分別であたら命を失うとは「たよりないわざ」と手きびしい。

相対死（あいたいじに）、世俗に心中と号（なづ）く、古へは余り沙汰なき事なり、泰平の化に乗じて、世人色欲貪欲熾んなるまゝに、百有余年爾来、此死専らはやれり。是（これ）にも数種有て、或は邪淫、或は銀事に迫るもあれ共、先（まづ）は若気の無分別多し、彼等を望の儘に添せなば、究（きはめ）て一二年の間には、喧嘩して別れ〳〵に成（なる）なまし、其謂（イ）は、命を抛（なげう）つほどに溺るものは、又倦（あ）く事も速なるべし、斯（かか）る浅き惑（マドヒ）を弁（わきま）へもやらで、あたら命を失ふこそ便（たより）なきわざなれ。

（一〇四）

いっぽう、杜口は後輩の医家橘南谿に語ったように、「筆を執（と）りては聊（いささか）も遠慮の心を起す」ことなく、「実事のまゝ直筆に記す」という気概を抱いていただけに、浮薄な社会にたいしてはきびしい批判を忘れない。たとえば、ここ六十年ほどの京大坂の風俗の変わりようは、「女は専ら男子のすなる芸を嗜（たしな）み、男子は女工を嗜む、爰（ここ）に於て男女一変せりと見ゆ。此後いかなる変体をやなさん」と嘆じ、次のように当時の世相を激しい口調で責めている。

かく迄世くだり僭上薄情に成る儘に、人々内々の苦しみを掩ひ隠し、うはべを錺るゆえに、苦しみは夜に日にいやまし、せんすべなく、はら黒なるたくみをして、人を欺き世をわたる人少からず、……うかれ女も隠す事有にこそ、恋路のせちなる情はあれ、今は内々の色狂ひもあらはにし、銭かねの事に卑情を愧ぢず、町の婦人は不貞を常とし、侍は諂諛聚斂を事とし、我道の事は不知。世人悉くかやうに暮すは、いかなる天魔の所為ぞや。隠すべきを顕はし、あらは成べきを隠す、此ばれ超過せば、後には礼義もやめ、禽獣の挙動ならん事知べからず。（一〇四）

杜口は、今日の日本人に向かって言っているのではないか、という錯覚さえおぼえる。また、幕府の権力が強大なとき、「江戸大坂其外国々にては、関東の御事は至て重く、禁裏の御事は暫の慎にて相済由承ぬ、是何の謂ぞや。あめが下に住もの、国恩を軽んずるはいかに、我国第一の美称は、天孫万世につゞかせ給ふを以てなり。然ば関東の御事は勿論、天子の御事も、同様に有べき事歟、今の賢侯に訴へ申たし」（一七三）と皇室尊重を明記している。さらに寛文九（一六六九）年の蝦夷騒動について、その真因が日本の悪徳商人にあると断定し、「今此商人共は、已が貪欲の為に我国の臭を弁へず。寔に志ざす所、天地黒白の違、是をや国賊とやいはん」（一九六）と指弾している。

こうした日本の知識人にしては珍しくバランス感覚のとれた杜口の思想は、たとえば次のような彼の率直な述懐から知ることができる。

我素より儒仏の道を学ばず、老荘の教をも知ざれども、其片端を聞はつりて、倩おもふに、浮世の事は、善悪不二邪正一如なるを、理に墜ち法に墜ち権に落る、熱門の児の挙動も、皆幻の中のあだし種なれば、性は善ぢやの、悪ぢやの、善悪を備へたの抔と論ずるも六かし、坐禅観法また六かし、畢竟人も溝虫も差別なく、天地の間の造化の一気を借たるウジ虫なれば、何の論もなし、夫に人を万物の霊など名付て高ぶる人も、間の手誉にしたる自称なれば、役に立ぬなり、我も久しく造化の気を借りて蠢居れば、責て借りものを損ねぬやうにして返したきと、思ふ許の心にて、斯る狂語を罵るも、亦猿の尻笑ひならんかし。（一〇四）

「人も溝虫も差別なく」という杜口のことばに見られるように、ここには儒学や仏教や老荘思想などにとらわれず、天地万物との一体感に生きる伝統的な日本人のおおらかな死生観がうかがえる。しかも、最後にかく言う自分自身を、「猿の尻笑い（自分の欠点に気がつかず、他人の欠点を笑う）」と笑い飛ばしている。このカラッとした屈託のない明るさは、じつは日本の庶民がもっていたメンタリティ（心性）であった。

「ただ死なん」

杜口のように、独り暮らしの老人がライフワークに没頭できるには、経済的に生活がなり立ち、世間や家族に煩わされないこと、それになにより健康でなければならない。前半生に病弱であった杜口が八十過ぎまで矍鑠として仕事ができたのはひとえに養生の賜物であった。彼の養生法は貝原益軒の流れにそうもので、「気」を基本とする考えであったが、勤め人生活を体験してきただけに、気を養うにはものに執着しないことを大切にした。

杜口は、気を養うため、また各地の出来事を探訪する仕事のうえでも、おのずから歩く健康法を実践していた。八十歳になっても一日に五～七里（二〇～二八キロ）歩いても疲れなかったという。ときには競馬を見ようと、握り飯をほおばりながら、京の町を西東と一日中歩きまわる楽しげな杜口の姿を見るのである。

七十九歳の杜口は天明八年の京の大火に遭い、隠宅と『翁草』の大半を焼失し、つづいて重病にもなったが、その危難を乗りこえ、ふたたび『翁草』の再建に没頭し、三年後に新編二百巻を完成する。この老年の生き方は、阪神大震災で自宅が全壊し特別養護老人ホームで九十七歳の天寿を全うし、〈枯草の大孤独居士ここに居る〉と最後に詠んだ俳人永田耕衣につながっている。

こうして最後まで明るく前向きにその日ぐらしをモットーに生きていた杜口だけに、死についても深刻がって苦悩するという態度はなかった。「我独(ひとり)心涼しく楽しみ暮す故に、気滞らず、気滞らねば百病発せず、病ひ無ければ起居易し、起居易ければ介抱も入らず、八旬(八十)に垂(なんなん)として、山野に杖を曳て労(いたつき)はしからず、目のあたり極楽に住めば、死にたき事もなし」(一〇四)。

できれば五百年の転変も見たいが、自分独り生きて子孫に先立たれてはもの憂いから、「生たき事もなし」。この年になっては、「唯今にも頓死こそ望ましい」(一〇四)。私の召使いの女も頓死だったが、「羨しき限りなし」(一九〇)。そこで、ここ十年ばかり元日には頓死を願うことにしていたが、一向にそのしるしがないので、今は思いかえして、頓死願いも止めてしまった(一〇四)。ともかく、生死のことは常の覚悟にあるというほかない。杜口はこう言う。

芸術の心持に、常を曠、はれを常と云事有り、生死の覚悟も爾なり。期に臨むで病苦にせめられ、よしなきすゞろ事を遺言とせんには、僻事も多からめ、人の死むとする時、其云事よしとは夫に非ず、さしも大徳の人の終焉の日時を、かねてに知るなどもあやしげなり。遺偈辞世なんども無には如じ、我は、「辞世とは則迷ひ唯死なん」とよそぢあまり前に申置り。たゞ終焉静に眠るが如しと聞のみぞ、いともめでたけれ。（一九〇）

恥や外聞を気にし死に際や死後の事にとらわれる日本人にしては、この杜口の「ただ死なん」という発語はさめた言い方に受けとれる。しかし、そこには「我独心涼しく楽しみ暮す」という心安らかに自足したひとりの人間がいる。その背後にはこの世は夢という日本的な諦観があり、杜口流の「生涯は皆芝居なり」という人生観が加味され、「夢をかさぬる世のならはし、さめての後は、善悪邪正もあだしごとかは、やそうじ虫の我とても、命の内は運有れば、此上に菰を被らんも、玉殿に昇らんもはかられず、どちらにしても夢の戯れ、とかく戯あそべエ」（一三五）という何ものにもとらわれない自由闊達な死生観へと昇華していくのである。

こうして杜口は、自身言っていたとおり「静に眠るが如く」に息を引きとったのは、八十六歳の寛政七（一七九五）年二月十一日。京都市上京区出水通七本松東入七番町の慈眼寺にある朽ちかけた墓石には、〈辞世とはすなはち迷ひ唯死なん〉という辞世否定の句が刻まれているのみで、彼の生き方そのもののように、寺にも末裔の家にもその生涯を伝えるものは何も残っていない。

この神沢杜口の生き方には、日本人とくに庶民の死生観の基底に、固苦しい義理・人情やしかつめらしい徳目・信仰にとらわれず、この世を気楽に屈託なく生きていこうという自足的で楽天的なメンタリティがあることを、私たちはあらためて確認するのである。

闇はながれて――千代女

日本人の女性観

朝顔に釣瓶(つるべ)とられてもらひ水

この句は、おそらく芭蕉の〈古池や蛙飛びこむ水の音〉と並ぶくらい、古今の俳句のなかで名高い句である。この一句で、作者加賀の千代女(ちよじょ)は歴史に名をとどめたといっていい。この句をこれほど名高くしたのは、この句のわかりやすさにもあるが、なにより作者が女性であるということである。さらに、人びとはこの句に、いわゆる「女らしさ」、あるいは女らしい「やさしさ」を感じとろうとする。そして、この「やさしい女」という観念こそ、古来おおかたの日本人が期待してきた女性像なのである。

吉田兼好は『徒然草』で、「女の性は皆ひがめり。人我の相（利己的考え）深く、貪欲甚だしく、物の理を知らず。……すなほならずして拙きものは、女なり」と女性をひどく蔑視しながら、いっぽう「たゞ、迷ひを主としてかれ（女）に随ふ時、やさしくも、面白くも覚ゆべき事なり」（第百七段）と語っている。女に「やさしさ」を期待する男の一方的な論理がはっきり見られる。

この兼好の女性観は、その後もほとんどそのまま受け継がれてきたが、江戸時代をとおして女子の懐本としてひろく読まれた草田寸木子の『女重宝記』（元禄五、一六九二年）の序文に、この兼好のことばがそのまま引用され、同じように「今の世におよびては女の心日々にあしくなり、人をそねみ妬み身を慢じ色ふかくいつわりかざりて、欲心をゝくやさしき心なくして情をしらず」と女性をひどくけなし、もし「人〳〵心がけたしなみ給はゝ、すこしはすなほの心となり神慮の正直にもかなひ給ふべし。心正直なれば、たしなまねど嫉妬のこゝろなく欲すくなく情ふかく、物をあはれみ心もやさしくなるものなり」と述べている。ここでも、「情ふかく、心もやさしく」というのが期待される女性像であった。

貝原益軒の『和俗童子訓』（宝永七、一七一〇年）の「教二女子一法」は、江戸時代随一の女子教訓書として知られる『女大学』の種本になったものであるが、そこには三従の道（父の家にありては父にしたがひ、夫の家にゆきては夫にしたがひ、夫死しては子にしたがふ）と七去の法（一には父母にしたがはざるは去。二に子なければさる……）など封建的女性観が述べられており、たとえば「女の徳は和・順の二をまもるべし。和ぐとは、心を本として、かたち・ことばもにこやかに、うららかなるを云。順とは人にしたがひて、そむかざるを云」とあり、さらに夫に「婬行」があっても、「業平の妻の、夜半にや君がひとり行らんとよみしこそ、誠に女の道にかなひて、やさしく聞ゆめれ」と語っている。ここでも女性は自分をおさえ、「やさしく」あることが求められている。

こうした日本人の女性観を背景に、この〈朝顔の……もらひ水〉の句に、人びとは女に求める「やさしさ」を投影して、さらに小野小町伝説以来の女はなにより美しくという通念を背景に、千代女美人説が重ね合わされ、人びとの心に「女はやさしく美しく」という観念を植えつける役割をはたしていったのである。

「女として」の生き方

千代女のこの朝顔の句は俗受けするだけに、彼女は伝説的な女性として伝えられてきた。

たとえば、伴蒿蹊は『続近世畸人伝』（寛政十、一七九八年）で、「千代女は加賀の松任の人にて、幼より風流の志ありて、俳諧をたしなむ。しかれども其師を得ず」、美濃（岐阜県）の盧元坊という俳人がやって来たとき、その宿で会い、時鳥という題を与えられ、なかなかできず、ついに夜が明けたとき、〈ほと、ぎす郭公とて明にけり〉と詠み、大いに賞賛されたという逸話を伝え、さらに、「後、婿どりせし時、しぶかろかしらねど柿の初ちぎり　まことに俳諧にてをかし。廿五歳にて夫にわかれし時、起てみつ寐てみつ蚊屋のひろさ哉」という句を詠んだと記している。いずれも伝説で、たとえば〈起てみつ……〉の句は句集『其便』に載る遊女浮橋の句を千代女伝説に仕立てたものである。だから、〈お千代さんかやが広くばとまろうか〉と川柳で詠まれるほど、その名はポピュラーになっていった。

千代女の名をポピュラーにしたもう一つに次の句がある。この句は『俳家奇人談』（文化十三、一八一六年）に、「我子を失ひける時」と前書きされて載っているが、句集や真蹟のいずれにも見当たらない。

　蜻蛉釣り今日はどこまで行つたやら

この句が千代女の作とされる理由は、おそらく千代女に「女性」だけでなく、「母性」

「女性」にはいうまでもなく「母性」がともなう。むしろ「母性」は「女性」をこえるものでさえある。男性には母性に匹敵する父性はない。現代でもまだ、女性は人間としての生き方を求めても、その前に「女として」の生き方を強いられるのは、避けて通れない「母性」があるからである。「女はやさしく美しく」という観念は「母はやさしく美しく」という観念によって補完される。千代女は、「やさしく美しい女」だけでなく、「やさしく美しい母」に仕立てられていったのである。

その千代女は元禄十六（一七〇三）年、加賀国松任（石川県白山市）の表具屋福増屋の娘として生まれた。十八歳のとき金沢の家に嫁いだが、二十歳にして夫が病死、一人息子も失い、実家に戻り、以後再婚せず、養子をもらい、家業に励みながら、俳句の道に生涯をかけた。千代女は女ながら家の責任を担ってきたおかげで、女が自立して好きなことをやれるだけの経済的な条件にめぐまれたのである。

享保十（一七二五）年二十三歳のとき、はじめて加賀の地を出て、京、伊勢を旅する。その後も江戸、尾張など諸国を旅し、多くの俳友と交わっている。与謝蕪村が女性のみの句集『俳諧玉藻集』（安永三、一七七四年）を編纂したとき、その序文を七十二歳の千代女に依頼している。その翌年彼女は七十三歳で世を去る。

この七十三歳というのは、当時の女性としては異例の長寿といえる。世界最長寿国となった現代日本では、女性のほうが男性より平均寿命が六、七年長いことは常識である。しかし江戸時代には、人別帳などの資料からみても、男女の平均死亡年齢はほとんど同じか、むしろ女性のほうが低かった(一一二頁)。

女性のほうが長生きできなかった理由は、なによりも当時の出産が現代にくらべきわめて危険だったからである。今日とちがって栄養や環境の悪さからくる産前のさまざまな病気、そして分娩そのものが非衛生的で母体はつねに危険にさらされ、それに産後の病気が追い打ちをかけた。つまり産前産後の病気が原因で命を落とす女性が現代とくらべはるかに多かった。

また女性のからだは男性のからだにくらべて複雑であり、それにともなう女性特有の疾病があった。香月牛山は『小児必用養育草(しょうにひつようそだてぐさ)』(元禄十六、一七〇三年)で、「十の男子を治するとも一の婦人を治しがたく」と述べている。また月経の処置には紙や布の不潔で不便な当て物しかなく、女性はどうしても不活発で不衛生になりがちだった。さらに「子おろし」(堕胎)や「間引」(嬰児殺し)が日常的に行われ、母体は衰弱と危険にさらされていた。当時の早婚の風習も女性のからだに負担を与え、もとより日常の労働や育児や家事、それに男性本位の性生活などが女性に肉体的重圧を与えていた。

こうして江戸時代は女性のほうが否応なく男性よりも身体的にきびしい条件に置かれ、健康を損ねる度合が高く、それが女性の命をちぢめる原因となっていた。また封建的社会では、さまざまなストレスやトラウマ（心的外傷）は女の側に蓄積されやすく、精神の異常を誘発させる条件をつくっていった。人間関係の葛藤や性の抑圧もつみかさなり、心のバランスを失った女性が発作的に傷害事件を起こすようなことが多くあった。

いうまでもなく江戸時代の女性は家族や身分にきびしくしばられ、現代女性のような自由は許されなかった。しかし、そうした時代、女性にもそれなりの息抜きの行事や組織があった。たとえば正月十五日を「女の正月」といい、この日は女は朝からなにもせず、男が料理し、女はただそのご馳走を食べ、晴着を着て、近くの社寺に参詣し、仲間を集めて親しい家々を廻りながら歌ったり踊ったりした。また五月五日の夜を「女の家」といい、この夜は男は家を出て、女だけが家にのこり、食べたり、飲んだりした。女の酒盛りである。

こうした女の集会は、やがて女だけの伊勢参りなどの「講」の組織になり、信仰を名目に女たちが連れ立って旅をするまでになった。小林一茶に〈春風や逢坂(あふさか)越る女講〉という句がある。家から離れ、男から解放された女たちが、にぎやかにおしゃべりしながら旅をしている光景が街道に見られたのである。ふだん抑圧され忍従をしいられた女たちのストレスは、このようにある程度うまく解消できたからこそ、江戸の泰平を保つことができたともいえるのである。

人間としての生き方に男女の差はないという見方もあるが、やはりながい男性支配・男性本位の社会では、女性は人間としての生き方の前に「女として」あるいは「母として」の生き方を否応なく強いられた。女たちがそれをどう受けとめ、どう切り抜けてきたかということは、日本人の死生観を考えるうえでも、避けて通れない課題である。

「蔓一すじの心」

江戸後期は旅が日常化した時代であったとはいえ、女の一人旅はもとより困難と危険な時代であった。そうした時代、旅に出て俳句の道に生きることができたのは、千代女たちが夫の死後独り身を選び、女性の社会的・身体的な弱みをむしろテコとし、男の社会に自由に出入りし、自立した生き方を貫いたからである。

江戸の女流俳人には、夫を亡くしたあと、独り身のまま、旅をよくし、長生きした女性が多い。たとえば、〈雪の朝二の字二の字の下駄のあと〉の句で名高い丹波（兵庫県）の捨女（すてじょ）は、四十二歳のとき俳人でもあった夫が病死、その後剃髪し、京に出て禅の修行に打ち込み、六十六歳で没した。近江（滋賀県）の河合智月も五十二歳で夫と死別し、芭蕉の門人になり、〈やまざくらちるや小川の水車〉のような心やさしい句を詠み、八十五歳まで長生きした。また同じ芭蕉の弟子であった伊勢（三重県）の斯波園女（しばそのめ）は医師の妻となり、三十九歳のとき夫が病死、以後夫の眼科を継ぎながら、俳句に精進し、江戸や大坂に出て西鶴や其角たちと交わり、〈さゆる夜のともし火すごし眉の剣〉といった清冽な句を残し、六十三歳で没した。ほかに武蔵国（東京都）の八王子の榎本星布（せいふ）は、三十九歳のとき婿養子の夫を亡くし、以後俳句に没頭し、〈蝶老てたましゐ菊にあそぶ哉〉と己の老いをみつめ、八十二歳まで生ききった。

旅に生きた女流俳人菊舎（きくしゃ）は、千代女の没後七年たった天明二（一七八二）年、千代女の跡を尋ねて来た。彼女の句集『手折菊（たおりぎく）』（文化九、一八一二年）に、「松任なる千代尼の跡を訪ふに、白烏といへるぬし出逢て、千代尼在世の事抔（など）物語り一夜舎（やど）りぬ」とあり、千代女の養子白烏との連句、〈花見せる心にそよげ夏木立　破れし蚊帳に降る月影〉を残している。

菊舎は長門国（山口県）の藩士田上家の娘に生まれ、十六歳で裕福な農家に嫁ぐが、二十四歳のとき夫と死別、実家に戻り、以後世間的な再婚の道をとらず、千代女と同じ俳諧文芸の生涯を選ぶ。二十九歳のとき剃髪して旅の準備をととのえると、『奥の細道』を逆コースでたどる最初の大旅行に出る。その後も九州、江戸などへ再三旅をかさね、生涯を旅に明け暮れる。句集『手折菊』の巻頭に、〈月を笠に着て遊ばゞや旅のそら〉という二十八歳のときの旅立ちの句が置かれている。自己の意志を強く宣した決意のみなぎった句であるが、なにより「旅のそら」に「遊ばゞや」！という闊達自在さは、現代女性も及ばない生き方といえよう。最晩年には〈塵取に仏生ありや花の陰〉という禅の境地にまで達し、七十四歳で世を去る。同時代人の神沢杜口は『翁草』で彼女について、「京に在（ある）かと見れば忽焉（こつえん）として東武にあり、侯家に召されて、風塵の境界を賞せらるれども、夫（それ）を忝（かたじけな）しとせず、忽去て野に臥し山にふし、六欲を脱して、風雅を友とするの外他なし。……四季折々の衣も、所々にて施され、衣食乏しからず、垢づき破れば脱捨て、一物も貯へず、其身其儘なり」と賞賛している。

彼女たち未亡人の俳人が長生きしたのは、もともと前向きな生き方をする強い性格の女性であったことにもよるが、俳句修行という名目で許された旅がおのずと健康によかったと考えられる。また句作という右脳を使う習慣は老化を防ぐともいわれる。現代でも長命の女流俳人は多い。

ところで、千代女は五十二歳の宝暦四（一七五四）年の暮れ、剃髪して尼となり、これより素園と号するようになった。のち七十一歳のとき、自画像に剃髪時の心境を、「かゝるつたなき身の世をうしと思ふにはあらで、ふるき言葉のはしまことに昼夜をながる、水の心ぼそくそのま、に」としるし、〈髪を結ふ手の隙あけてこたつかな〉と詠んでいる。剃髪したのは、厭世観ではなく、これで安心して俳句一筋に生きられる、というその時の心境がうかがえる。彼女に師事していた近くの相河屋のすへ女は師の剃髪を〈墨染や月と花とのもてあそび〉と詠んでいるが、この句意も出家が月花との遊びのためであることを示唆している。

さきにあげた女流俳人は、いずれも夫の死後しばらくして剃髪している。それは、亡夫の菩提を弔うというより、句作には連衆（れんじゅ）という男と席を同じくする必要があり、また吟行という旅をするにも、僧形は都合がよかったという理由のほうが先にあったと思われる。句作にうち込むには、今とちがって、かたちの上で女を捨てなければならなかった。さきの斯波園女は剃髪したとき、「身にいたづき（病気）おほく、心すこやかならざれば、衣裳にたき物し、白粉を顔にほどこすことをしらず、櫛けづるさへ物うければ、このごろみづからかしらおろしぬ。わが草庵もとより人いたらざれば、男女の境界なし」としるしている。女が男たちに互して俳句の道に入るには、まず生きていく自分自身を「男女の境界なし」という境涯に置かなければならなかった。

千代女も、家業を養子に譲ったとき、「隠居を願て」と前書きして、〈囀りを世にや譲りて松の琴〉と詠んでいる。兼好は女は「貪欲甚だしく」と言い、『女重宝記』は「欲心をゝく」と言っているが、むしろ女のほうが男より「いさぎよさ」「思い切りのよさ」はまさっているのではないか。千代女に〈けふまでの日はけふ捨(すて)てはつ桜〉という句がある。

ところで、俳句王国といわれる今日の日本で、その膨大な俳句人口の中で女性が今や男性をしのいでいることはよく知られている。

もともと短歌の物語性、抒情性、主観性にくらべ、即興性、諧謔性、客観性をもつ俳句は女性には不向きなものと見られていた。また三十一文字ではホンネまで言えるが、十七文字ではタテマエしか言えない、これが俳句を男性の文芸と考えさせてきた。そのうえ江戸時代の連句を中心とする俳諧は連衆という集団による活動だけに女性を近づけにくくさせていた。

千代女たちは、そうした世界に入っていった女性だけに、上野さち子も言うように、「尼という女性を超えた人々であり、しかも男性の眼から見て好ましい女性らしさをもっている人であった」(『女性俳句の世界』)のである。

千代女の句から、そうした「女性らしさ」の作をひろうとすれば、たとえば、〈福わらや塵さへ今朝のうつくしき〉〈春雨やうつくしうなる物ばかり〉といった作品がある。「うつくし」という語は観念的になりがちであるが、これらの句は「うつくし」の語が生きている。やはり女でなければ生まれない句といえよう。あるいは、〈里の子の肌まだ白しもゝの花〉などは母性的な句といえようか。いっぽう、即興性や諧謔性の句といえば、〈ころぶ人を笑ふてころぶ雪見哉〉〈名月や手届きならば何とせむ〉〈こちらからいはせてばかり魂まつり〉〈秋の野や花となる草ならぬ草〉など、一茶の女性版といえる。

さらに、女人ならではの人生観照の句としては、〈朝の間のあづかりものや夏の露〉〈花のない身は遊びよき柳かな〉〈身に添ふてひとり〳〵の寒さ哉〉、あるいは〈落鮎（おちあゆ）や日に〳〵水のおそろしき〉は女の老いを見つめた作品であり、そして、〈しなわねばならぬ浮世や竹の雪〉〈初しぐれ風もぬれずに通りけり〉といった句には、男社会の世に女として生き抜いていく女の意地がひそかに込められているといえないだろうか。

そんな千代女の句の中で、「三界唯心」という前書きのある句がある。永平寺の禅僧との問答のなかで生まれたといわれる。「百生（ひゃくなり）」とは一つの蔓に数多くの実がなること。

百生や蔓一すじの心より

鴨長明は『方丈記』に「夫（それ）、三界は只心一つなり」としるしていたが、「三界唯心」とは、一切の衆生の生死する三界（欲界、色界、無色界）の世界のあらゆる事象は心から起こる、心以外には何ものも存在しないという意。千代女の機知にとむ作であるが、そればかりでなく「蔓一すじの心」という発語には、女のしたたかな気概が込められているといえよう。

蛍と闇、そして川

さてここで、多くの千代女の作品のなかで、日本人の死生観を読みとれる句として、次の作に目をとめたい。

川ばかり闇はながれて蛍かな

夏の夜、川のほとりの闇のなかを淡い光を明滅させながら飛びかう蛍――。蛍の光は水の表を照らし出すが、あたりは一面の闇。その深い闇のなかを流れる一筋の川――。女らしい人生観照の吐息の聞こえる句である。この句にふれて上野さち子は、「何度よみ直してもふしぎにたゆたい続けるリズムがこの句にはあり、女人の生そのもののようにさえ感じられる」（前掲書）と述べている。この句には〈闇はみな川に流る、ほたる哉〉という別のかたちがあるが、「闇はながれて」のほうが、やはり句としてすぐれているといえよう。

ところで、この句からは、「女人の生そのもの」を感じるばかりでなく、日本人の死生観を読みとることもできるのではないだろうか。

この句をあえて分解してみると、「闇」と「蛍」という対立があり、その間を「川」が流れている。その蛍を光、明、陽、昼、白そして生とすれば、それに対する闇は影、暗、陰、夜、黒そして死という構図になる。しかし、そうした対立項は、ここでは川の流れによって融合され循環されている。

光は闇があってこそ、その輝きがわかる。闇は光があってこそ、その深さがわかる。難病で亡くなった現代の俳人折笠美秋は、〈闇よりも濃い闇が来る燭持てば〉と詠んでいる。日本人は月光を「月影」という。光に影を、影に光を見るのが日本人である。その日本人が好んで使うことばに、二つの対立する語をつなげて一つの意味をもたせたことばがある。たとえば、明暗、陰陽、善悪、是非、表裏、虚実、苦楽、黒白、大小、高低、強弱、美醜、愛憎、緩急、遅速、寒暑、清濁、濃淡……などいくらでもあげられる。こうしたことばは日本語独特のもので、英語などほかの言語には見られない。

これらは相反する語をただつなげたのではない。たとえば濃淡にしても、濃と淡の二つという意味ではない。山水画で墨の濃淡という言い方には、濃と淡とをはっきり分けないで、濃から淡へ、淡から濃への変化あるいはつながりの微妙な味わいを言い表わそうとしているのである。

日本人には、対立するものをたがいに取り込む考えがあり、たがいが溶け合う微妙な味わいを大切にする。そうしたメンタリティ（心性）からこのようなことばが生まれたといえる。

こうしたことばのなかで、もっとも意味の深いことばといえば、生死あるいは死生ということばである。ちなみに死生観という語も日本語独自のものである。生死というとき、それは生と死をはっきり切り離すのではなく、さきの濃淡とおなじように、生から死へ、死から生への連続的なつながりを考え、生と死との間にはっきりとした断絶を考えない。こうした心性が今日も生きていることは、私が行ったさきの「死をめぐるアンケート」からもいえる。

日本人のこうした心性は、「あいまい」を好む日本人の国民性や「微妙な味わい」を尊ぶ日本文化に通じるものであり、今日も変わらないで生き続けている。

千代女の句にもどると、蛍と闇とはただ対立しているものとしてあるのではない。その光と影、明と暗、陽と陰、それは溶け合い、つながっている。

その蛍と闇を溶け合わすものとして、川の流れがある。この川の流れは、さきに鴨長明のところでふれたように、日本人の心性にかなったものである（四八頁）。川は流れて海に出るが、海の水は雲となり雨となり、ふたたび川の流れとなる。自然は循環し、生死は連環しているという考えである。

千代女には川や水を詠んだ句が多いが、たとえば〈川音の町へ出るや後の月〉〈近よれば水は離れて山ざくら〉〈もの、音水に入夜やほと、ぎす〉など、いずれも女人ならではの人生観照の佳句といえる。

この千代女の「川ばかり……」の句で思い出されるのは、蕪村の名高い次の句である。

菜の花や月は東に日は西に

これも東と西、月と日、昇るものと沈むもの、という対立するものを同一画面に置き、その間に「菜の花」という一面おぼろなものをすえて、両者を溶け合わせている。その意味では、あえていえばこの句にも、日本人の死生観を読みとることができるといえよう。

なお、千代女に次の句がある。句意は説明するまでもない。

清水には裏も表もなかりけり

「この世をかしく」

加賀は浄土真宗の盛んな国柄であるが、千代女の親鸞や蓮如への追慕の心は、女性だけに深かったと思われる。

宝暦十（一七六〇）年、親鸞上人の五百年遠忌が行われたが、五十八歳の千代女は三月に金沢東末寺の法要に参列し、九月には越中の井波別院の法要に参詣した。さらに翌年三月には京の東本願寺で行われた法要に俳人の珈涼尼と同道して参詣したといわれる。そのとき、「けふの御法会にめさるゝ事、うどんげのはなに逢たてまつるおもひをなし、我も〳〵とかゝる御場にいそぎたてまつりまいらせて」と前書きして、〈地も雲に染らぬはなしすみれ草〉と詠んでいる。宝暦十二年三月には吉崎御坊の蓮如忌に参詣し、「けふといふけふはじめてよし崎の御忌に詣でける有かたさのあまり、まづ御場よりはいしたてまつりて」と、その感動を〈うつむいた所が台(うてな)やすみれ草〉と詠んでいる。いずれも「すみれ草」というところに、女人ならではの想いが込められている。

安永三（一七七四）年千代女は七十二歳、正月には「ながきゆめのこゝろも、きのふけふとはてしなき世也ければ、此初空に心を引かえ、いさゝか寿がんと筆をそゝぎ賀しまいらせぬ」と、〈若水や松のとしくむ松の影〉と詠む。そして三月蕪村に依頼され『俳諧玉藻集』の序文を書いたが、冬に入り年来の俳友であった三国の哥川(かせん)が千代女の病いを聞いて立ち寄った。

十年ばかりにて草庵を尋ねたまふ折柄、短き日脚を引とめて語らんとするもをかし、

美しう昔をさくや冬ぼたん　　千代女

茶の花やくもらぬ里の心あて　　哥川

同じ加賀の三国の花街の遊女であった哥川は、伴蒿蹊の『続近世畸人伝』によると、まだ遊女として盛んなとき、主人に百日の暇を貰い、江戸に出て俳句の修行をし、六十一歳で没するまで、「町離(はづれ)に草庵をむすび、世をやすく過せし」という。〈おく底もしれぬ寒さや海の音〉という彼女の句は、独り身の女の老いをかみしめた深い呟きといえよう。

安永四（一七七五）年、千代女は病床で迎えた新年に〈墨染で初日うかゞふ柳かな〉と詠み、さらに初孫の袴着の祝いに出会い、「孫のはかま着を寿し折からに、世上も賑々敷、其嬉しさかさね〳〵のよろこびを、いさゝか歳旦に賀しまいらせて」、〈初空に手にとる富士のわらひ哉〉とその喜びを詠んだ。

千代女の晩年の書簡には、「此ほど殊の外さし引候ゆへ……」といったことばがしるされている。おそらく喘息の持病があり、よく風邪をひいたのではないだろうか。最晩年のものと思われる書簡には、「尼事もいまだうきもさし引候ゆへはゞかりながら床もはなれかね候。たゝみ一てうもあゆみかねなんぎいたし候。あたゝかになり候はゞと空を待入候。筆もおとし候て先後とゝのへかね候」と、一進一退の病床にありながら、なお句作の筆をとりたいという老千代女の切ない真情が惻々と伝わってくる（中本恕堂『加賀の千代全集』）。

そして、その中秋、命もこれまでと定めた静澄な心境を、〈蝶は夢の名残わけ入花野かな〉と詠み、九月八日、家族と愛弟子すへ女たちに囲まれ、次の句を残して七十三年の生涯を閉じた。

月も見て我はこの世をかしく哉

この世を去るとき千代女は、月を友として悔いなく過ごすことのできた一生を、女性が手紙の末尾に書く「かしく（かしこ）」ということばで閉じている。彼女の臨終に立ち会ったすへ女は、「月の詠をかぎりと身まかり給ひしは、世のさまとはありながらいとかなしみ御名残をしみて」、〈影やどし月やかくれて袖の露〉と詠み、その夫之甫は、「月も見てと今一筆に世を去りたまひしを悼みて」、〈声かなしかしくの跡の雁や雁〉と詠んでいる。こうした愛しい人たちに見送られて息を引きとった千代女の最期は幸せだったといえよう。

それにしても、この「この世をかしく」という一語には、男性にはとてもできない、かたちはあくまで「やさしく」「美しく」ありながら、その内実は最後まできりりっとした生き方を貫いた女のしたたかな気息がうかがえるのである。

あなた任せ——小林一茶

「ちう位」という生き方

小林一茶といえば、〈雀の子そこのけ〳〵御馬が通る〉〈名月を取てくれろとなく子哉〉など、小動物や子どもの気配を素朴に詠んだ庶民的な俳人として親しまれている。

いっぽう、一茶は晩年妻子に次々に先立たれ天涯孤独の境涯を送った人としても知られる。彼は五十二歳ではじめて妻をもった。そのせいか連日連夜の房事の回数を日記に克明に記録する。一茶の知られざる一面である。後継ぎ欲しさの努力がむくいられたのか、最初の妻菊とのあいだには四人の子どもが生まれる。しかし、まず長男は発育不全のため、生存わずか二十八日にして死ぬ。〈はつ袷(あわせ)憎まれ盛(さかり)に早くなれ〉の一句を詠んだにすぎなかった。

その三年後、〈這へ笑へ二つになるぞけさからは〉とその成長ぶりを喜んだ長女さとも、一年二カ月にして疱瘡（天然痘）で失う。その経過は、一茶文学の珠玉といわれる文集『おらが春』（文政二、一八一九年）に哀惜をもって描かれている。五十七歳の一茶は、「楽しみ極りて愁ひ起るは、うき世のならひなれど」と前置きしながら、〈露の世は露の世ながらさりながら〉と絶句し、墓前では〈秋風やむしりたがりし赤い花〉と痛哭している。

その翌年次男石太郎が生まれたが、九十六日目に母親菊の背中で窒息死する。あるいは最近話題になっている乳幼児突然死症候群であったかもしれない。その三年後、妻の菊が三十七歳で病死、他家に預けられた三男金三郎も栄養失調から生存一年で死ぬ。一茶自身中風（脳卒中）の不自由な身のまま、〈もともとの一人前ぞ雑煮膳〉という天涯孤独の境涯に戻る。

家族がいても妻子に先立たれるということは江戸時代にはふつうのことであった。神沢杜口や杉田玄白また上田秋成や滝沢馬琴たちがそうだった。いっぽう妻子がいても、与謝蕪村や葛飾北斎たちには出戻り娘の心配があり、大田南畝そして近松門左衛門は子どもが知的障害者という苦労を抱えていた。人には選べない運命というものがある。

ところで、さきの「雀の子……」や「名月を……」の句がおさめられた『おらが春』の巻頭に置かれているのが、書名にもとられ、よく知られた次の句である。

目出度(めでた)さもちう位也(くらいなり)おらが春

「ちう位」とは上中下の中位という意。地元信濃の方言では「いいかげん」「どっちつかず」の意ともいう。儒学のいう中庸というむつかしい倫理ではなく、庶民のいう「ちゅーくらい」という気持ちである。

江戸庶民のいう「ちう位」で満足する生き方は、神沢杜口のいう「足るを知る」生き方であり、さらに言えば、上を望まない「諦め」の生き方、その意味では、「いき」な生き方ともいえる。

とはいえ、一茶はここではっきりと「おらが春」と言っている。主君を戴いて迎える春という意味の「君が春」という語に対して、一茶は「おらが春」という語をつくった。この「おらが春」という一語には、一茶自身の自己主張がはっきりと見られる。たとえ「ちゅーくらい」であるとはいえ、今日のこの日のこの春こそは「おらが春」、「俺さまのものだ」という傲然とした気概、運命への抵抗ともいえる意地がその底にはっきりと見えるのである。

この「ちう位」の「おらが春」こそ、人生のさまざまな運命に耐えながら、その日その日を黙々と生きていた江戸庶民のいわば死生観の一面だったのである。

「あなた様の御はからひ次第」

この「ちう位」の歌の前に、一茶は「雪の山路の曲り形りに、ことしの春もあなた任せになんむかへける」と書いている。

そして、この「ちう位」ではじまる『おらが春』は、「あなた任せ」という一文で終わる。半生の血と涙の辛苦の末ようやくつかんだささやかなマイホーム、しかし相次ぐ子どもたちの死。いったい何に頼って生きていったらいいのか……。

他力信心とばかり、阿弥陀仏に「おし誂へに誂ぱなし」（一方的にお願い）すれば、仏らしくなった気で、むやみに悟りきったようになり、自力に陥ってしまう。一茶は言う。

他力信心〳〵と、一向に他力にちからを入て、頼み込み候輩は、つひに他力縄に縛れて、自力地獄の炎の中へぼたんとおち入候。其次に、かゝるきたなき土凡夫を、うつくしき黄金の膚になしくだされと、阿弥陀仏におし誂へに誂ばなしにしておいて、はや五体は仏染み成りたるやうに悪るすましなるも、自力の張本人たるべく候。

ではどうしたらいいか。自力他力と小むつかしいことはおいて、ただ仏の前に身を投げ出して、「地獄なりとも極楽なりとも、あなた様（阿弥陀仏）の御はからひ次第」とお頼み申すばかり。そうすれば、無理に作り声で念仏するに及ばない、願わなくても仏は守ってくださる。これこそが私の「安心」の流儀である。一茶はこう言って、最後に〈ともかくも……〉の句をのせて結びとしている。

> 問ていはく、いか様に心得たらんには、御流儀に叶ひ侍りなん。答ていはく、別に小むつかしき子細は不存候。たゞ自力他力、何のかのいふ芥もくたを、さらりとちくらが沖へ流して、さて後生の一大事は、其身を如来の御前に投出して、地獄なりとも極楽なりとも、あなた様の御はからひ次第あそばされくださりませと、御頼み申ばかり也。如斯決定しての上には、「なむあみだ仏。」といふ口の下より、欲の網をはるの野に、手長蜘の行ひして、人の目を霞め、世渡る雁のかりそめにも、我田へ水を引く盗み心をゆめ〳〵持べからず。しかる時は、あながち作り声して念仏申に不及。ねがはずとも仏は守り給ふべし。是則、当流の安心とは申也。穴かしこ。

ともかくもあなた任せのとしの暮

この「あなた任せ」の「あなた」とは阿弥陀仏のこと。そして、この「当流の安心」という個所は、蓮如の『御文章』にある「わがいのちのあらんかぎりは報謝のためとおもひて念仏まうすべきなり。これ当流の安心決定（あんじんけつじょう）したる信心の行者とはまうすべきなり。あなかしこ〱」を擬したものである。

「安心」とは仏教用語では、信仰によって心が不動の境地に達すること。「安心決定」は、おもに浄土教で用い、阿弥陀仏をひたすら信じて一片の疑いもなくなったことをいう。これに対して、「安心立命」は儒教でいわれ、心を安らかにし身を天命に任せ、どんなことにも心を動じないことをいう。

一茶にとって「安心」といえば、浄土真宗でいう「安心」のことで、それは「あなた様（阿弥陀仏）」の「御はからひ（配慮）」にお任せするという心である。

このように、「あなた任せ」というのは阿弥陀仏にお任せするという浄土真宗の他力本願の考えであるが、これとは別に、庶民が日常的に言う場合には、「なりゆきまかせ」という心でもある。一茶はおそらく、この両方の意味で使ったのであろう。

一茶は「あなた任せ」ということばが好きだったのか、いろいろな所で用いている。たとえば、こんな句もある。

あなた任せ任せぞとしは犬もどり

「犬もどり」とは「犬返し」ともいい、犬も通れない断崖絶壁をいう。ここには、まさに崖っぷちの年の瀬、どうこの年の瀬を乗りきれるか、なりゆきまかせにするよりほかない、と開き直る一茶がいる。こちらの「あなた任せ」は、浄土真宗の他力本願の信仰とは無縁である。貧困、病気、家族の死、そうした切羽詰まった人生の苦患のなかから絞り出すように生まれた庶民のぎりぎりの「生活の知恵」である。

そこからは、布施松翁『松翁道話』(文化十一、一八一四年)にあるように、「あなたまかせにしてゐると、よいことばつかりがふえる」という考えを生み、それは徳田秋声『縮図』(昭和十六年)の「総てを貴方まかせといふ風にしてゐればゐられないこともない」という日本の大多数の庶民が抱く他人任せの生き方に受け継がれていくのである。

「あなた（仏）」との一体感

一茶が『おらが春』で語っている「あなた任せ」を、弥陀の前に身を投げ出し、弥陀の御はからい次第という意味で考えるとき、こうした自己滅却の絶対的な他力信仰の例として、「妙好人（みょうこうにん）」といわれる浄土真宗の篤信者のことが思い浮かぶ。

たとえば、その一人、名高い浅原才市（さいち）は石見国（島根県）の人。嘉永三（一八五〇）年生まれ、貧困、無学、辛苦の一生であったが、晩年は浄土真宗の念仏に帰依し、下駄造りをして暮らしながら、一万首以上の天衣無縫の宗教詩をカンナ屑やノートに書き残し、昭和七年八十三歳で大往生した。

鈴木大拙は、日本文化あるいは日本人の宗教意識のなかで洗練されて残っている「日本的霊性」について論じているが、それは浄土系思想と禅においてもっとも純粋な姿で顕現したとし、この日本的霊性の体現者として妙好人とくに浅原才市をあげ、詳しく紹介した。こんな詩がある。

わしのこころは、あなたのこころ

あなたごころが、わしのこころ
わしになるのが、あなたのこころ

「あなた」とは、一茶の「あなた任せ」の場合の「阿弥陀仏」のこと。ここには信仰の論理的な筋立て（分別知）を超えた仏との直感的な一体感がある。だから、才市は、〈わしが阿弥陀になるじゃない／阿弥陀の方からわしになる／なむあみだぶつ〉とも書いている。「なむあみだぶつ」の一面は弥陀であり、一面は才市である。弥陀と自分とのこの一体感こそ、鈴木大拙のいう「日本的霊性の直覚（無分別知）」である（『日本的霊性』昭和十九年）。

やみは月になることできぬ、月にてらされ月になる、
さいちが仏になることできぬ、名号（みょうごう）不思議にてらしとられて、
なむあみだぶつ、なむあみだぶつ。

この「月」とは、才市のいう「信心の月」「六字の月」をさす。「六字」とは「南無阿弥陀仏」の六字の名号のこと。次の歌も同じ意である。

このやみが六字の月にてらしとられて
娑婆ながら、六字のなかにおるぞうれしや。

他力本願の念仏者にとって、現世の闇（生老病死）は自分の意思や願望で左右できるものではない、六字の名号の月に照らしとられて、娑婆（現世）のまま、浄土となるのである。

才市にとって、したがって死後の世界は念頭にない。彼にとっては、臨終（りん十）はすでに済んでいる。

今がりん十、わしがりん十、あなたのもので、
これがたのしみ、なむあみだぶつ。

才市は生死の境を彷徨しているのではなく、生死を超越している。それは、自己という小さな存在に固執するのではなく、阿弥陀仏という大きな存在にすべてをゆだね一体となることによって得られた境地である。

次の詩は、才市の二十五回忌に、地元の人々によって故郷の温泉津の安楽寺の境内に建

てられた碑に刻まれたものである。

かぜをひけばせきがでる
さいちがごほうぎのかぜをひいた
ねんぶつのせきがでるでる

「ごほうぎ（御法義）」とは仏の教えのこと。才市にとっては、風邪をひくのも仏の賜物。咳は「なむあみだぶつなむあみだぶつ」と出てくる。この詩を選んだ北原白秋は、「これはまさに天才詩で、わたしにはとてもこの詩の真似はできない」と絶賛している。

最近は臓器移植や末期医療をめぐって、「本人の意思」とか「自己決定」ということがよく言われる。自我意識の強い現代人は、何事においても自己の存在と意思に固執する。今日の高度医療のなかで、私らしい医療を選び、自分らしい死を死んでいきたいという願望は、自我とか個人に価値を置く現代人の当然の願望として受けとられている。

しかし、生死にかかわる大事、たとえば手術をするかしないか、そうしたとき「自己決定」にこだわり迷うよりも、自己を捨てて大きな存在に抱かれるという境地になるほうが、真の「安心」が得られるのではないだろうか。

才市の故郷石見と隣接安芸（広島県）には妙好人の遺風が今に伝えられているが、その一人、斉藤政二は昭和五十九年直腸がんで六十五歳で亡くなったが、次の歌を残している。「親」とはこの作者にとっては「阿弥陀仏」のことである（朝枝善照『いま照らされしわれ』昭和六十年）。

がんなりと抱かれて今まかせけり手術台　親と二人の心安さよ

それにしても、一茶にしろ妙好人にしろ、自己をゆだねる仏のことを「あなた」と呼び「親」と言う。この仏への親しみをこめた庶民的な呼び方には、信仰の対象をつねに身近に感じとってきた日本人の神仏観の一面がうかがえるのである。

「死支度」「死ゲイコ」

さて、一茶の句といえば、たとえば〈信濃では月と仏とおらがそば〉を思いおこす。じつはこの句は後の人の贋作で、一茶のほんとうの句は〈そば時や月のしなのゝ善光寺〉である。それにしても貧しい信濃をこれほど見事に宣伝したコピーはほかにない。一茶は今日いうところのコピーライターの元祖といえる。彼の句からは、そうしただれでもがおもい当たる生活のことば人生のことばが拾える。たとえば『おらが春』にある「配り餅」の句。

　我門(わがかど)へ来さうにしたり配餅(くばりもち)

隣家で餅をついているから、そのうち配られてくるかと思って待っていたが、ついに来なかった。一茶一流のひがみの句。自分にもそろそろ良い地位がまわってくるかと期待していたが、ついに来なかった――、こんなおもいはだれにも心当たりがあるにちがいない。〈はつ雪や駕(かご)をかく人駕の人〉はて、自分はどっちだろうか……。〈六十年踊る夜もなく過しけり〉〈木つつきや一つ所に日の暮るる〉人生も終わりに近づき、こんなおもいに唇を噛みしめ、あるいはこの句に慰められる人も多いにちがいない。そして、次の句などは今日の日本人にもっともふさわしい戒めである。

　かたつぶりそろ〳〵登れ富士の山

一茶は子どもに、急がないで！　と呼びかける。そろそろ行きなさい。でも目ざすはあの富士の山！　あるいは、子どもというより受験にわが子を駆り立てる母親たちに聞かせたい一茶の声であるかもしれない。

老が身の直ぶみをさる、けさの春

老いはなかなか自覚できない。わが身の老いを自覚したからこそ、一茶はこう詠んだ。じつはこのとき、一茶は数えの四十八歳。新春早々呟いた「直ぶみ」をされた内容は、財力か知力か体力か、あるいは性的能力か。しかし、たとえ「老が身の直ぶみ」をどうされようと、一茶自身、これが我が「けさの春」とうそぶいている。

ほかに、〈思ふまじ見まじとすれど我家かな〉〈かりの世のかりにさしてもつく木哉〉など、なにかふと思い当たり、なるほどと膝をうつのである。

いっぽう、たとえば〈身一ツや死ば簾の青いうち〉〈死んだならおれが日を鳴け閑古鳥〉などは死という語の入った句であるが、一茶が自分の死を身近に置いていたことを物語る。また名高い〈是がまあつひの栖か雪五尺〉の中七は、次のように「死所かよ」であった。

是がまあ死所かよ雪五尺

この「死所」のほうが一茶らしい。義弟との確執の末やっと手にしたマイホームを一茶は「死に所」と言っている。作家の藤沢周平の小説『一茶』（昭和五十三年）に、遺産相続の談合がようやく終わった夜更けの場面が、次のように描かれている。徳左エ門とは、遺産分割に尽力してくれた一茶の母の実家の宮沢徳左衛門のこと。

一茶はしばらくそこに立って、徳左エ門が提げる提燈（ちょうちん）の明かりが、ふわふわと雪の道を遠ざかるのを眺めた。……夜気は硬くこごえて、耳に鳴るほど静かだった。

――これで死に所が決まったか。

徳左エ門の提燈が、豆ほどの点になるのを見とどけてから、一茶はそう思いながら足を返して借家のほうに向かった。藁沓（わらぐつ）の下で、こごえた雪がぎしぎしと音を立てた。

そんな一茶のたとえば〈木つゝきの死ネトテ敲（たた）く柱哉〉になると、一茶に自殺願望があったのではないかと推察される。だから一茶は花を見れば、次のように呟く。

死支度(しにじたく)致せ〳〵と桜哉

桜と死をむすびつけるのは古来日本の詩歌の常道であるが、ここからは、「数奇」とか「粋」というような美学を装わない、土根性のすわった庶民の生死の覚悟のほどが聞こえてくる。一茶はさらに、西行の〈願はくは花のしたにて……〉の歌を踏まえて次のように詠む。

いざゝらば死(しに)ゲイコせん花の陰(かげ)

この二つの花の句は、ある意味では、西行の歌よりすごみがあるといえよう。散る花は、人間に「死支度」をしろと促している。私たちは花を見て、「死ゲイコ」をしなければならないのだ。こうして、一茶は死を忘れた私たち現代人をいつまでもおびやかしつづけるのである。

楽に生き楽に死ぬ

北信濃はとりわけ雪がふかい。『おらが春』を書いた翌年の文政三（一八二〇）年十月十六日、五十八歳の一茶は、千曲川沿いの雪道でころび、そのひょうしに中風がおこり、駕で柏原の自宅にかつぎこまれた。半身不随、言語障害になった。翌文政四年の年の暮れ、〈夜の霜しんしん耳は蟬の声〉の句を詠む。十二月厳寒の夜、なぜ蟬の声が？ それは、戸外ではしんしんと霜がおりているが、高血圧の身にはしんしんと耳鳴りが蟬声のようにする！ のである。

一茶は、その十二月奉行所に中風を理由に役金（税金）の免除願を出している。その頃、こんな句ができる。〈初雪に一の宝の尿瓶かな〉〈死下手とそしらば誹れ夕巨燵〉

その後、一茶は妻と子どもをつぎつぎに失い、二度目の妻とも離婚、その直後の文政七年閏八月一日、中風が再発、舌が回らなくなり、手まねで人を呼ぶしまつ。そのとき、〈もどかしや雁は自由に友よばる〉と詠む。

その後、六十四歳で看護婦がわりに子連れのやをと三度目の結婚。しかしその翌年の文政十（一八二七）年十一月、三度目の発作がおこった。その十九日の夕方、大火で焼けのこった仮住まいの土蔵で、息を引きとった。業のふかい六十五年の一生であったが、最期は〈ぽつくりと死が上手な仏哉〉の願いどおりの大往生であった。

門人西原文虎は『一茶翁終焉記』に、「ことし文政十年卯月のころ、我上へ今に咲くらん苔の花、といひしことの葉は、終の浮世をしられたる也。しかるに閏六月一日、急火にかこまれ、俳諧寺の什物一時の灰燼となる。されど三界無安の常をさとりて、雨ふらばふれ、風ふかばふけとて、もとより無庵の境界なれば、露ばかり憂うるけしきなく、悠然として老をやしなふありさま、今西行とや申しはべらん。……霜月十九日といふに、ふとこゝち悪しき体なりけるを、中の下剋ばかりに、一声の念仏を期として、大乗妙典のうてなに隠る」とつづっている。ところで、その一茶は死の年に次の句を詠んでいる。

花の影寝まじ未来が恐しき

西行の〈願はくは花のしたにて……〉の向こうをはって、「春死なむ」などとんでもない、極楽浄土の未来など恐ろしくて、花の陰などでうっかり寝ていられるか、と一茶はうそぶく。〈斯う活て居るも不思議ぞ花の陰〉とも詠んでいる。

ここには、きわめて現世的な生への強い執着がみられる。生に淡白であるとか、他力本願で来世願望が強いとかいわれてきた日本人の生き方は、ここには見られない。むしろ、現世にしっかりと足をつけ、自分のいのちを大事に、この世を楽しく暮らしていきたいという、現代日本人にも通じる自己本位で現世本位の生き方がうかがえる。

おそらく、江戸や大坂の市中でその日その日の生活に追われていた庶民、また父祖伝来の土にしがみついて泥まみれになっていた農民たち、こうした江戸時代の大多数の生活者たちに、もし生き方というものをたずねれば、おそらくこの一茶の句とおなじような開き直った答えがかえってきたのではないだろうか。

じつは、あの正岡子規も、西行の〈そのきさらぎの望月のころ〉の向こうをはって、一茶とおなじあけすけなことばで、〈死はいやぞ其きさらぎの二日灸〉と詠んでいる。

さて、そんな都を遠く離れた北信濃という片田舎に暮らし、俗世に執着する土臭い俳人一茶、彼は晩年次のような句を詠んでいる。

けふからは日本の厂(かり)ぞ楽(らく)に寝よ

北の海を渡って異国から飛んできた雁の群れに向かって、一茶は「今日からは日本の雁だゾ」と呼びかける。

山里の秋の夕空をのどかに渡っていく雁をじっと眺めているうち、一茶の眼はしだいにせりあがっていき、雁とおなじ大空の高みにまでのぼっていく。その大空からは、日本の全土がはろばろとひろがっていた——。そのとき一茶は、秋の空を渡る雁に向かって、当時の人びとが日常ほとんど意識することのなかった「日本」ということばを投げかける。その日その日は眼前の金銭や愛憎にみじめなほど執着していながら、そうした日常性をいきなり飛び越え、日本という国土の広さをイメージした一茶の想像力のゆたかさに驚くほかない。

ところで、眼を天空の高みにすえた一茶は、さらに雁たちに向かってこう語りかける。

「今日からは楽に寝な——」と。

この「楽に」ということばこそ、江戸庶民の生き方をもっともよく表わしているのではないだろうか。おそらく、今日の日本の原型ができあがった江戸後期こそ、日本人がいちばん日本人らしく、一茶のいう「楽に」生きていた時代ではなかったか。江戸を生きた大多数の人びとは、ある意味では今日よりはるかに楽に生き楽に死んでいったように思えてならない。

人間生きている以上、だれしも何かにとらわれ、なにかと無理してその日その日を送らざる得ない。しかし、そうした執着や欲望、義務や役割を一旦離れられれば、いたって楽に生きられる。ただそうしたくても、若いうち壮年の時代は仕事や家族のことに引きずられ、だれしもそうできない。ところが老年はそうした世間や家族の絆から解放される。今日からは会社や家族の雁でなくていいのだ。一茶はこう呼びかける。「今日から」の自分は「日本の雁」(いや「世界の雁」)なのだ、「楽に」生きようではないか!

そして、〈送り火や今に我等もあの通り〉と詠んだ老いた一茶は、こう呟く。

うつくしや年暮きりし夜の空

更けていくばかりのこの夜の空、だからこそ美しいのではないか……。

老いの実体はもとより、気楽なものではない。一茶も、生き身の辛苦、愛憎のあがきを奥深く抱えていた。しかし、彼はそれをテコとして生きる意地をつよくし、己の内面に深くわけ入り、その苦悩と抵抗のつき抜けたはてに、「けふからは、楽に寝よ」、そして「うつくしや、夜の空」と呟くのである。

天地に恥る——滝沢馬琴

「世路艱難御賢察」

天保五（一八三四）年二月十八日、江戸は払暁から風雨がはげしく、明け方には雨は止んだが、午前九時頃また大降りとなり、初雷が五，六回聞こえ、十時頃雨は止み、ほどなく晴れあがってきたが、昼頃から風が出て、夜半になってますます風は烈しくなってきた。

今こうして、百六十年前の江戸の一日の天候をこれほどくわしく再現できるのは、じつは、その日、江戸は四谷信濃町に住んでいた作家滝沢馬琴が、その日記に次のようにその日の天候を記録してくれていたからである。

今晩大風雨　但し雨ハ多からず天明ヨリ風雨止　五半時比ゟ大雨　初雷五六声　四時比雨止　程なく晴　昼後ゟ風　夜半ニ至り弥風

馬琴は、ほとんど一日中起坐し、気象観測をしていたとしか思えない。しかも、こうした正確緻密な気象記録が毎日の日記に見られるのである。今日の私たちにとっては驚嘆のほかない。馬琴とおなじように天候を日記にくわしく記録した知識人はほかにも何人かいる。おそらく凶作にたいする備えとしての考えもあったであろうが、日本人のお天気好きの気質の現われともいえる。こうした馬琴たちの記録によって、江戸の当時の天候を今日の気象学にもとづいて再現できるのである（根本順吉『江戸晴雨攷』昭和五十五年）。

江戸時代のそうした気象記録のなかでも、正確緻密さにおいて馬琴は群を抜いている。それは馬琴の偏屈なまでに几帳面な性格のおかげである。彼は天候ばかりでなく、彼自身の執筆や読書のほか、暮らしのこまごまとした出来事、金銭や物の出入り、妻子のいさかいや病気、親族や下女の動静、来客や書簡の往来、町の噂話、はては庭木の始末からカナリアの死まで、細大もらさず克明につづっている。これが世にいわれる『馬琴日記』である。ここからは、馬琴を主とする一家の一日一日が手にとるように見えるが、それはまた江戸後期を生きていた日本人の一日一日の現実生活でもあった。

日本人は古来、日記を書くのが好きな国民である。平安の昔から日記文学の流れがあることはよく知られているが、近代の作家でも夏目漱石や石川啄木たちは文学作品に匹敵する日記を残している。川端康成の名作『雪国』(昭和十二年)の主人公の温泉芸者駒子は日記をつけていた。おそらく、この日記好きは日本人の勤勉さと几帳面さに由来している。馬琴はそうした日本人の気質の典型的な人物だったのである。

さて、その馬琴がこの日、つまり天保五年二月十八日、天候のあと最初にしるした一行は次のような痛切な文字だった。

予、右眼少々翳有之様子ニて、一向ニ不見、左眼ハ平生の如し。服薬可然旨、宗伯申之。尚又、薬用ス

馬琴の眼に異常がおこったのは前年の八月頃のことであったが、ふだん頑健であった彼はそれほど気にもしなかった。ところが、今度はそうはいかなかった。じつは、この十八日の前日、急に右眼が痛くなり、見えなくなってしまった。日記に「今朝より、右の眼中不例、少々痛有之。右眼一向に見えず候間、宗伯ニ様体申聞」と書いている。宗伯とは馬琴の嫡男。病弱とはいえ医者である宗伯に応急の手当をしてもらった馬琴は、この十八日、伊勢(三重県)松坂にいる親友殿村篠斎(じょうさい)にあてて、「野生、去年中よりつとめて著述ニ取

かゝり候へバ、右の眼俄にいたミ候事有之、又その翌日ハ左もなく候間、さのミ心をとめ不申候処、当月ニ至り右眼一向ニ見えず、……当分眼を休せ候様、倅いさめ候へども、筆硯と読書を廃し候ては、一日もくらされず、活がひもなく候」と書いている。「つとめて著述ニ取かゝり候へバ」と自身言っているように、眼病は馬琴の勤勉が仇だったのである。馬琴の眼病はだんだんと片方ずつ視力が衰えていったという症状からおそらく老人性白内障と思われる。ときに馬琴六十八歳。大作『南総里見八犬伝』を書きついでいたさなかであった。

馬琴のうちつづく晩年の不幸のなかでも、物書きだけに失明ほど痛ましいことはなかった。倅の宗伯も虚弱のせいか眼気うすく、ときおり眼中に赤曇が生ずるという有様であった。そのうえ、一家の支出はかさむばかりで、長治療にかける余裕は金銭的にも時間的にもなかった。五月二日の篠斎あての手紙で、馬琴は悲痛なおもいを次のように書き送っている。

右眼ハよほど瞳子ひらき候よし、見えぬは勿論の事、是ハまづ棄物ニいたし置、いかで左眼へうつり不申様ニと祈り、療養無由断心がけ候得ども、何分一日も硯筆を廃し候事なりかね候故、薬のきかぬ筈ニ御座候。……書ハ見ずとも、一日も筆をとらでハ、家内六七口ひものニ成候故、とてもその養生ハ出来かね候。……両眼見えず成候て、不経済ニ成候ハヾ、天命成とあきらめ可申存候。世路艱難御賢察可被下候。

滝沢家の生活は馬琴の原稿料にたよっていた。一日とて筆を休めば、一家六、七人が干物になってしまう、と馬琴は嘆く。そして、もし両眼失明となったら天命とあきらめるがと断りながら、最後に「世路艱難御賢察下さるべく候」と結んでいる。この「世路艱難」という一語には、ひとり馬琴だけではなく、家族のために生活苦とたたかうことを当然と受けとめてきた大多数の勤勉実直な日本人の生き方が映し出されているのである。

「今晩自殺仕り候」

「世路艱難」を生きた勤勉実直な日本人といえば、はじめ倅宗伯の友人として知り合い、のち馬琴自身が一目おいて交わった渡辺崋山がいる。馬琴は『後の為の記』で、崋山のことを「只画のうへのみならず、学術あり、見識あり、その性も剛毅なるべし」としるしている。

渡辺崋山といえば、幕末の憂国の志士として、また近世有数の画家として知られている。しかし、その一生はといえば、生まれて死ぬまで貧困の連続であった。彼は田原藩の江戸藩邸で生まれたが、生まれたとき眼があかなかったという。母体の栄養が悪かったせいであろう。田原藩は石高一万二千石の貧乏藩。崋山の父は年寄役で百石十五人扶持であったが、藩の窮乏で減俸され手取りは僅か十二石、そのうえ病弱であった。弟妹の大半は、口減らしのため幼いうちに奉公や養子に出され、彼らのほとんどは「貧死」であった。崋山は後に「退役願書之稿」に、「貧窮はもっとも甚しく、筆紙に尽し候処にはこれなく、これにより弟共は寺へ奉公に遣(つか)わし、または出家させ、妹は御旗本へ奉公に遣わし、その寒苦艱難の内、幼少の弟を私十四歳ばかりの時、板橋まで生き別れに送り参り候時、雪はちらちらふり来たり、弟は八、九歳にて、見もしらぬあら男に連れられ、跡を振りむき振りむき、わかれ候こと、今に目前に見え候如くにござ候。……妹両人も右のあらましゆえ、一人は遠方へ遣わし、一人は貧家へまかり越し貧死仕(つかまつ)り候。これかれを考え候えば、そのもとは皆至貧至困まかりなり、無策無術まかりなり候うえ、親父大病と申すものにて、兄弟過半、非刧(ひごう)同様の病死にござ候」と書いている。

家録をはんでいる武士といっても、渡辺家の場合、裏長屋の貧乏人とかわりなかった。崋山が絵を描いたのも、家族を養う糧のためであった。「一日画を作らざれば、一日の窮を増す」と崋山は書いている。馬琴と同じ科白である。天保三年といえば、崋山は四十歳、藩の家老職であり、画家としても名声は知れわたっていた。その年の歳末、彼は日記に「このとし窮迫きはまり、衣服書物等質に入れて年をむかふ」と書いているのである。

　崋山の貧乏は天下の名士となっても幼少のときと少しもかわりなかった。さきの「退役願書之稿」で、「私母、近来迄、夜中寐候に蒲団と申もの、夜著と申もの、引かけ候を見申さず、やぶれ畳の上にごろ寐仕り」と書いている。天保十年、崋山が蛮社の獄で入牢したさい、幕府の役人が崋山の家に捜索に来た。崋山といえば、藩の家老で、しかも天下の名士。ところが家にあるものといえば、書物や書画の類ばかりで、衣服や器物がなにも見当たらない。さては隠したのではないかと追及すると、崋山の妻は何も言わず、質屋の通帳を出して見せたという。この時、漢学の師にあたる松崎慊堂（こうどう）は老中の水野越前守に崋山の無実を訴える上申書を提出したが、その中で崋山の生活にふれ、「衣服にも上著下著候は一襲（ひとかさね）も無レ之相見、平日他行の上著を礼服之下著に相用、年始などに参り候にも、熨斗（のし）目（め）の下著不揃之常用衣服を相重、十年前用人の時より其通、只今家老に而も其通に御座候」と述べている。

　崋山が幽閉されると生活はますます窮した。師の窮迫を聞いた弟子の福田半香はそれを救うため師の書画を売りさばくことを企画した。このことが結果として崋山を自刃に追いやった。崋山が自死したのは主家を思う崋山の意志であったが、その背後には崋山に終生つきまとった「至貧至困」があったのである。

天保十二年十月十一日、幕政批判の罪で蟄居中の渡辺崋山は、三河国田原（愛知県田原町）の幽居で自刃した。四十九歳の崋山は、脇差で腹を一文字に切りさき、咽喉をついて死んだ。その直前、崋山は何通かの遺書をしたためている。次はもっとも信頼していた弟子で画家の椿椿山にあてたものである。

一筆啓上仕候。私事老母優養仕度より、誤て半香義会に感、三月分迄認、跡は二半に相成置候処、追々此節風聞無実之事多、必災至り可レ申候。然る上は主人安危にもかゝはり候間、今晩自殺仕候。右私御政事をも批評致ながら、不レ慎の儀と申所落可レ申候。……数年之後一変も仕候はゞ、可レ悲人も可レ有之や。極秘永訣如レ此候。頓首拝具。

老母に孝養したいためとはいえ、半香の勧めで絵を売ることをしてしまい、二半（中途半端）にしておいたところ、無実の噂が立ち、災いは主君の安危にもかかわりますから、今晩自殺いたします。御政道を批判しながら、不謹慎であると非難されることでしょう。

……何年かたって天下の様子が一変いたしたなら、悲しんでくれる人もありましょう。極秘に永のお別れを申しあげます。崋山は死を前にして高弟に、こう心境を告げる。

ここで崋山の言った「今晩自殺仕り候」ということばは、なんとさっぱりした表現であろうか。今晩これからちょっと散歩に行ってきます、とでもいうような無造作な言い方である。日常つねに死を覚悟して生きていた崋山、時代とともに生きていた崋山、いつも周囲の人のために尽くしていた崋山にして、はじめて言えたことばである。そしてこの一句は、簡潔であるだけに、そこに込められた生死の際における無限の感慨が、私たちの胸を強くうつ。

この時十歳だった長男にあてた遺書には、「餓死るとも二君に仕ふべからず。御祖母様御存中は何卒御機嫌能孝行を尽べし。其方母不幸のもの、又孝行尽べし。不忠不孝之父登」としたためている。その崋山は江戸で入牢中、炎暑もかさなり、獄舎特有の皮膚病である湿瘡を患った。この湿瘡（おそらく疥癬）は蟄居中も治らなかった。手紙に「未湿瘡にて平臥歩行も仕かね、総身カユク足イタミ気分塞り心にまかせ不申候」とあり、また「此節未湯にも入不申、髪髭も其マ、にて俊寛の如くに御座候」とも訴えている。患部は顔にまで広がった。こうした病苦と生活苦にさいなまれながら、いよいよ自死を決意した崋山は、遺書を書く前に、絶筆となった「黄粱一炊図」を描いている。それは「邯鄲の夢」という中国の故事にもとづいた凄絶な山水画であった。この故事は人生のはかなさを諷したものである。彼はなぜ最後の作品に「邯鄲の夢」という題材を選んだのか。崋山はこの画の賛に、「もしこの一炊の夢を認得せば、すなわち眼は一世を空しうせん」と詠じている。あれほど人のため国のために尽した一生であったが、死を目前にして、彼の末期の眼に映ったのは、一炊の夢という人生のはかなさであったのか。あるいは、そのような虚しさを内に秘めた心優しい崋山であったからこそ、「今晩自殺仕り候」と静かに言い切れたのかもしれない。

因果応報・勧善懲悪

畏友渡辺崋山の悲報を耳にした天保十二年、馬琴はもう七十五歳。六年前すでに息子の宗伯に先立たれ、そして馬琴の大切な眼は二年前に左眼も衰え、前年にはついに両眼失明の状態に至っていた。大金を投じて厚眼鏡をかけてみたが無駄だった。医者も三人までかえてみたが効目はなかった。日記には「孤眼いよ〳〵かすみ」「眼気よろしからず、さぐり書き」「見えかね、手さぐりにて、只形ばかり」「此節、実に見えかね、只手かげんのみ」といった文字ばかりが記されるようになり、夜中に厠に通うとき燭をとってくれるのは亡き子の嫁お路ひとりであった。

しかし、『南総里見八犬伝』の終局はいよいよ近づいている。崋山の自死したこの年、馬琴はついに嫁お路の手を借り、『八犬伝』の最終稿をつづけるのである。正月六日、彼は手さぐりで日記に、「八犬伝九輯四十六の巻口、お路に口授致、字を教て、下書をなさしむ。八つ半時より、夕方迄也。三丁出来」と記す。難解な文章の口述筆記に、一介の主婦であったお路は、「困じて果はうち泣く」（『八犬伝』回外剰筆）ありさまであった。その二人が手をとって苦しむさまを見て、年甲斐もなく嫉妬していた悪妻お百も、この年に死ぬ。天保十三年九月三日付の殿村篠斎あての手紙で、馬琴はこう書いている。

口授代筆致させ候日は、文雅風流に疎く候故に、のみこ見あしく候間、小子いらち候て叱り候へは、弥困して泫然と涙を流し、ふてを染かね候折も有之候。……是迄にして、やむにしかしと思ひしを、又思ひ返して、代筆致させ候へば、彼亦恨るけしき無。いふかまに〱書候故に、事致㆓成就㆒候。かゝれは小子か口授の辛苦より代筆のもゝの苦心十はいに候。

もとよりこの手紙もお路が代筆している。これを書きながらお路自身いかなるおもいであったろうか。この未曾有の大作を完結できたのは、馬琴の気力もさることながら、お路の片意地ともいえる根性のたまものであった。彼女は馬琴亡きあとも日記を克明に書き続けた。この『路女日記』こそ、日本の伝統的な芯の強い女の生き方をまざまざと見せてくれるのである。

さて、こうして二十八年という記録的な歳月をかけた世界有数の一大長編小説であるだけに、『南総里見八犬伝』は日本人の作品にしては稀なほど息の長いアクの強い作品である。人獣交感という猟奇的世界に端を発し、無数の悪玉善玉の人物が複雑にからみ合い、怪異な妖怪怨霊が登場し、決闘合戦はもとより、私刑（リンチ）の残酷場面あり、男女の愛欲シーンありという、暗鬱で華麗な極彩色の世界が、晦渋で粘着力にとんだ（それだけに朗誦にふさわしい）漢字仮名まじりの視覚的な美文調で延々と展開するのである。これまでの日本文学の花鳥風月の淡彩な世界あるいは洒脱な人情話の世界とはまったく異なる世界である。まがまがしい欲情や奸智が渦まき、血なまぐさい復讐や残虐がくりひろげられるスリルとサスペンスの世界である。

こうした『八犬伝』の世界が、当時の人びとに熱狂的に受け入れられ、長く読みつがれ語りつがれたのは、日本人のメンタリティ（心性）に『八犬伝』の世界と共有するものがあるからである。つまり、淡白であいまいで情緒的といわれた日本人も、じつはこうした執拗で理づめで意志的な一面をもっていたのである。それが日記の天候記録に見られる几帳面で勤勉な性格の馬琴という人物の文才をかりて、この『八犬伝』という伝奇ロマンに結実し、またこの作品が日本人のそうした心性を補強していったのである。

この『八犬伝』はしかし、たんに血わき肉おどるスペクタクル的劇画ではない。言いふるされたことであるが、『八犬伝』は主要なテーマと重要なモチーフとして、因果応報と勧善懲悪という道徳観によって貫かれている。

『八犬伝』は、里見義実の娘伏姫が犬の八房に感じ、身ごもった伏姫の腹中から仁義礼智忠信孝悌の八つの玉が飛散し、それが後に八犬士となって活躍するというプロットである。その因縁は、父の義実が殺した毒婦玉梓が、「殺さば殺せ。児孫まで、畜生道に導きて、この世からなる煩悩の、犬となさん」と呪ったからであり、伏姫はそれを「命運の致す所、寔に脱れぬ業因と、思ひ決めて」、八房と洞窟にこもるのである。たしかに今日に至るまで日本人は、見世物小屋の呼び声ではないが、「親の因果が子に報い〜、哀れなのはこの子でござ〜い」という因果応報という観念が頭の隅にこびりついている。

しかし、『八犬伝』はたんなる反復的な因果応報話ではない。「八の子」の出現を予言する神童は、次のように因果の循環性を語っている（第十二回）。

かたち作らずしてこゝに生れ、生れて後に又生れん。是宿因の致す所、善果の成る所なり。……抑禍福は、糾る纏の如し。何人か今の禍を見て、後の福ひなるよしをしるべき。世の嘲哢は好憎より起り、物の汚穢は、潔白より成る。しからば誹謗も厭ふに足らず、恥辱も只よく忍ぶべし。隠れたるより、顕れたるなし。蟄れるものはかならず出。これも亦自然のみ。

毒婦の怨みが犬となり、里見家の宿因（悪しき原因）となるが、法華経の功徳で犬が菩提心を発し、生まれた「八の子」が後世に勲を立てるのは善果（善い結果）である。ここには禍福がたんに反復するのではなく、汚穢が潔白に、悪が善に、俗が聖に、虚が実に、死が生に、「生れて後に又生れ」ていくという運命の螺旋的な循環が暗示されているのである。

自害した伏姫の腹から、仏教の数珠に仁義礼智忠信孝悌という儒教の徳目が刻まれた八つの珠が空中に飛散するという設定にも、日本人の多元的コスモロジーの心性がみられる。さらに修験道の開祖の役の行者が重要な役割をはたしているのも江戸庶民の宗教的混淆を表わしている。じつは馬琴自身子どもの病気や結婚というとかならず稲荷や明神に祈願し呪法で吉凶を占うのを習わしとしていたが、そうした民間信仰の多元的世界がこの『八犬伝』にも色濃く出ている。

いっぽう、『八犬伝』というと、馬琴の儒教的な道徳臭と仏教的な説教癖に結びつけられ、勧善懲悪の教訓物語といわれるが、たんなる偽善的で教訓的な内容ではない。たとえば後段に出てくる美少年犬江親兵衛(しんべえ)の素藤(もとふじ)討伐にさいして老翁与四郎が付き添うが、これは天明七年の江戸打ちこわし事件のさなか巷間に流布した世直し神として活躍した大若衆と老人の噂話に仮託していると思われる。また京都を舞台とした場面では足利義政の奢侈と失政が描かれているが、それは家斉時代の爛熟頽廃を巧妙に批判していると受けとれ、また妖虎の騒動は大塩平八郎の乱を象徴化したもので、「国家将(まさ)に亡びんとすれば妖孽(もののけ)あり」(第百五十回)の妖孽にあたる。とすれば、松田修の言うように、「たしかに馬琴は、勧善懲悪を唱導した。しかしその悪とは、体制の悪であった。したがってその善とは、体制そのものをゆさぶる行為でさえあった」(『闇のユートピア』昭和五十年)と言うこともできるのである。

『八犬伝』の登場人物では、いわゆる善玉の忠臣孝子より悪玉の奸物淫婦のほうが迫力をもって描かれている。光よりも闇のほうが魅力的に描かれている。それは善よりも悪のほうが好奇心をそそられるというだけではない。さきに見てきたように、禍が福に、悪が善に、闇が光に、再生循環するという日本人的発想に根ざしているからである。

「善を勧め悪を懲らしめる」という中国古来の言説は、『八犬伝』の物語的世界のなかで、日本人が抱いてきたコスモロジー（宇宙論）として展開している。そして、逆境とたたかってきた馬琴自身の人生を投影した八犬士、友人の渡辺崋山や蒲生君平をモデルとした八犬士、強靭な意志力をもって苛酷な運命をテコに闇の中から光をめざして戦う八犬士は、抑圧されていた幕末の民衆の欲求を解放させるエネルギーと呼応し、日本人の生命力を活性化させる機縁となっていったと考えることもできるのである。

「天地に恥ることなく」

さて、馬琴はこの一大長編『八犬伝』の最終編で大団円を語ったあと、結びのことばのなかで、「蓋八犬士一世の功名、貴介を娶て、大禄に飽るも、覚れば倶に南柯の一睡、長安飯店の、枕に異ならず」としるしている。「南柯の一睡」は、渡辺崋山が自死する直前に描いた「邯鄲の夢」と同工異曲の人生のはかなさを説いた中国の故事である。馬琴も、この八犬士が山中に退隠して天命を楽しむところで有為転変の一大ドラマを結ぶとき、人生のはかなさを嘆ずる。しかし、馬琴はことばをつづけて、次のように説くのを忘れない（第百八十勝回下編）。

抑人世の果敢なき、慾を禁め情を裂きて、善を蘊み、悪を做さじと其行ひを慎ば、生ては天地に恥ることなく、死しては子孫の後栄ある、古の人の跡を見て善を択みて、もて異世の師と做さば、人皆八犬士たらん事も、かたきに似て難かるべからず。

俗世への執拗な挑戦の物語を延々と語ってきた馬琴は、ここで一転して人生のはかなさを語る。そして馬琴はここでは善を勧め悪を懲らしめるという外面的な社会教化から、欲情を抑え善を積み悪をなすことなく慎むべきという内面的な自己実現の指針を語るのである。

そのとき馬琴はその自己実現の指針を、「天地に恥ることなく」とはっきりとしるすのである。『八犬伝』のなかでは、さきの「恥辱も只よく忍ぶべし」など、「親の恥」「生ての恥辱」といった語句がよく出てくる。そして、この「天地に恥じない」という人生指針こそ、日本人の生き方に見られる重要な一面なのである。

ルース・ベネディクトは名高い日本文化論『菊と刀』で、西欧を「罪の文化」、日本を

「恥の文化」という二つの型に分けて論じたことはよく知られている。彼女は、「真の罪の文化が内面的な罪の自覚にもとづいて善行を行なうのに対して、真の恥の文化は外面的強制力にもとづいて善行を行なう。恥は他人の批評に対する反応である。人は人前で嘲笑され、拒否されるか、あるいは嘲笑されたと思いこむことによって恥を感じる。いずれの場合においても、恥は強力な強制力となる」と論じ、「われわれ（西欧人）は恥辱にともなう烈しい個人的痛恨の情を、われわれの道徳の基本的体系の原動力とはしていない」と述べ、「日本人は恥辱感を原動力にしている。……恥は徳の根本である、と彼らは言う。恥を感じやすい人間こそ、善行のあらゆる掟を実行する人である」と語っている。

ベネディクトに言われるまでもなく、たしかに日本人は「恥」ということを大事にし、それだけにたいへん気にする。「世間に対して恥ずかしい」「人前で恥をかく」「恥をしのぶ」「恥を知れ」「恥をそそぐ」「家の恥」「会社の恥」……などなど、今日でも日常的によく使われる。夏目漱石が書いた最後の手紙は青年雲水の鬼村元成（きむらげんじょう）にあてた一通であるが、そこには「行住坐臥ともに虚偽に充ち充ちています。恥ずかしい事です」とある。太宰治の代表作『人間失格』（昭和二十三年）の書き出しは、「恥の多い生涯を送って来ました」という一行である。

そして、このように恥を感じ恥を気にするというのは、ベネディクトの言うように、

「他人の批評に対する反応」、あるいは「自己の行動に対する世評に気をくばる」という一面をもっている。それは名誉や体面を重んずる心性に根ざしている。

しかし、日本人が恥を意識し恥を行動原理とするとき、それはすべて他人の判断基準に左右されて意識し、「外面的強制力にもとづいて」行動するばかりであろうか。

たとえば、昔からよく言われてきたことばに、「おてんとうさまに恥ずかしくないように」という言い方がある。「おてんとうさま（おてんとさま）」とは、太陽を敬い親しむ気持ちで言う俗語であるが、それは自然の物体としての太陽だけではなく、この世をこの世たらしめている絶対的存在、「神（カミ）」といってもいい。貝原益軒は『養生訓』でこれを「天道」といっていた。そして、馬琴は『八犬伝』で「天地」といっているのである。「天地」は和語でいえば「あめつち」。宇宙、乾坤（けんこん）、世界全体、そして「天神地祇（ちぎ）」といえば天の神地の神をいう。「天地神明に誓って」という場合も天地の神という意。天と地を一体にし、「天地」「あめつち」と一語で表現したところに、日本人の宇宙観がある。

この「天地」「天道」そして「おてんとうさま」は、現実の世間でも他人でもない。西欧人が罪を意識し罪を懺悔する「神」に相当するものである。「天地に恥じることなく」というとき、その「天地」は世間や他人とは次元を異にする絶対者的存在、「カミ」としての「天地」のことであり、それに対して恥を知り恥じることなく自らを律しようというのである。

恥はもともと罪や過ちをさとり、不名誉に思い、侮りを受けたと思うことである。罪の意識なくして恥の意識もない。罪悪感と恥辱感は切り離せるものではない。ベネディクトのいう「罪の文化」と「恥の文化」という文化を二つの型に分ける考えは、罪と恥のどちらによりウエイトをかけるかということにすぎない。

恥を感じ恥を重んずる生き方とはいえ、ただ世間や他人の判断基準によるのではない。たとえ世間や他人からどう言われようとも、自分自身が「天地に恥じることなく」生きそして死んでいければいいではないか——。人一倍家の名誉や自分の世評を気にしてきた馬琴であったが、最後にはこう言いたかったのではないだろうか。

さて、馬琴は命を削って書きつづけてきた『八犬伝』の最後の一行を、お路にこう書かせている。「左にも右にも、病眼衰瞥、筆硯不自由に做りしより、只得婦幼（嫁）に字を教え、仮名を誨えつ、代写させて、稍全局を結び訖。看官作者の勉たるを知べし」自分の勤勉を知ってほしい、と馬琴は読者に訴えている。

その勤勉実直の権化ともいうべき馬琴は、嘉永元（一八四八）年十一月六日早暁、お路や孫たちに看とられて世を去る。このとき、代筆をつづけてきた『著作堂雑記』の最後の頁に、お路は彼女自身の文章と文字で、長いあいだ息を通い合わせてきた舅の最期を「六日暁寅之刻に、端然として御臨終被遊候、年八十二」と書きとめる。

そして、この一文のなかで、馬琴が病いが重くなって周囲が医師を代えることをすすめたところ、「若者か余命を貪る者に候はばさもあらめ、我極老に至り、医師三昧いらぬ事に候」という馬琴のことばを、お路はしっかりと書きとめている。馬琴のこのことばこそ、今日いわれている延命医療を拒否するリビング・ウイル（生前の意思）にあたる。その彼は辞世でこう詠む。馬琴が還っていったのは、やはりあの「天地（あめつち）」だったのである。

世の中の役をのがれてまた元に還るは天（あめ）と土の人形

時をし待たむ——良寛

「日本人の原型」としての良寛

日本人に「歴史上の人物でだれが好きか」と訊くと、ふつうは秀吉とか家康あるいは坂本竜馬などの名をあげる。しかし、その人を心から慕わしく思いその人にぜひ会いたいと思う人物ではというと、ここでふれてきた西行や芭蕉たちをあげる人が出てくる。そして、そうした慕わしい人物といわれると、西行や芭蕉をおいても、日本人ならかならず思い出す人物に良寛がいる。良寛は今日の日本人が歴史上の人物の中で好ましい懐かしい人としてあげる人物、通俗的な言い方をすれば人気のある人物の一人である。良寛は評伝の類いも多く、全国良寛会のような団体もあり、良寛展はいつも盛況であり、その点では近代の宮沢賢治と似たところがある。

夏目漱石が最晩年に良寛に傾倒していたことはよく知られているし、斎藤茂吉は〈あまぎらし雪の降る日はいにしへの越の聖を恋ふべくなりぬ〉と歌い、良寛を「聖」としている。川端康成はノーベル賞受賞記念講演で〈霞立つ永き春日を……〉の歌をあげ、良寛を代表的日本人として紹介した。そして唐木順三は、哲学者の田辺元がやはり最晩年に良寛を敬慕していたことにふれながら、「良寛にはどこか日本人の原型のやうなところ、最後にはあそこだといふやうなところがある」(『良寛』)と語っている。

では、なぜ良寛は今日の日本人に人気があるのか、なぜ彼は日本人の原型なのだろうか。良寛はいうまでもなく、家族も持たなければ、どの集団にも所属しないで、日々食を乞いながら越後(新潟県)の山里で世を捨てた生活を一生送った人である。いっぽう平均的な日本人は家族主義的で現実主義的、集団帰属型で勤勉上昇型である。その日本人にとって、それとはおよそ対極の人物である良寛がなぜ人気があるのであろうか、また良寛になぜ日本人の原型のようなところを見るのであろうか。

じつはその矛盾、つまり自分とはちがう良寛に惹かれる、その矛盾そのものに、日本人の矛盾をかかえた人生観あるいは死生観の本質的なものが隠されているのかもしれない。あるいは良寛を見ること考えること、それは日本人を見ること考えることなのかもしれない。

その良寛であるが、彼はじつは今日いうところの職業とか肩書きというものを一切持っていなかった。歴史上の人物にしろ、その人の名前をあげるときかならずその人が何であるか一言で言い表わすことばがある。たとえば秀吉や家康なら武将とか政治家、西行なら歌人、芭蕉や一茶なら俳人という具合である。いわばその人のアイデンティティである。では、良寛のアイデンティティはなにか。辞典などでは江戸後期の禅僧、歌人、書家などと出ている。しかし、良寛は禅僧といっても、青年時代に禅寺で修行をしていた時期はあったが、いわゆる僧侶を職業としていない。どの宗派にもどの寺にも属していなかった。それればかりか僧侶としては和尚という位階さえ持っていなかった。過去帳には「大愚良寛首座(しゅそ)」とだけ記されている。墓石に「良寛禅師墓」とあるが、この「禅師」という称号は良寛を慕う地元の人びとが勝手につけたものである。また歌人とか書家というが、これも歌や書を売って金銭に換えていたのではない。もとより良寛を敬慕する鑽仰者たちから衣食の資がなにかと届けられていたが、生活は基本的には行乞(托鉢)にたよっていた。したがって良寛は今風にいえば無職、そしてホームレスであった。

良寛は僧形をして読経しながら行乞していたから、外見はお坊さんに見えた。しかし、寺があるわけでなく、説教するわけではないから、親鸞や道元のような宗教家とはいえない。西行のように歌人の仲間と交わっていたわけでないので正式には歌人ともいえない。

おなじような理由で書家ともいえない。

そのような人間としてとらえどころのない良寛の日常の生活態度といえば、たとえば「燈下読書図」といわれる自画像に書き入れた次の歌に見られる。

　世の中にまじらぬとにはあらねどもひとり遊びぞ我はまされる

世間の人びとと交わらないときめたわけではないが、私にはひとりで好きなことをしているほうがいっそうぴったりしているという意。さらに良寛の心中をよりはっきり知ろうと思えば、次のような詩に見ることができる。

生涯懶立身　　生涯身を立つるに懶(ものう)く
騰々任天真　　騰々(とうとう)天真に任す
嚢中三升米　　嚢中三升の米
炉辺一束薪　　炉辺一束(いっそく)の薪
誰問迷悟跡　　誰か問はん迷悟の跡
何知名利塵　　何ぞ知らん名利の塵

夜雨草庵裡　　夜雨草庵の裡（うち）
双脚等間伸　　双脚等間に伸ばす

吉野秀雄はこう現代語に移している。「世の中に身を立てて、何事をか仕出かすといふことがいやで、ぼんやりとして、あるがままの天然自然の真理に、自分を任せきつてゐる。頭陀袋（づだぶくろ）の中には托鉢でえた三升の米があり、囲炉裏のそばには一たばの燃（も）し木がある。米と燃し木、この外に何が要（い）らうか。迷ひだ、悟りだといふやうなことは、もはや自分にはどうでもいい世界だし、まして名誉や利益など、自分の関はり知つたことではない。夜の雨ふる静かな庵の内に、二本の足を所在なく伸ばしてゐるだけだ」（『良寛和尚の人と歌』昭和三十二年）。

良寛はほかでも、しきりに「懶し」「飽く」「疲れ」といったことばをよく用いているので、自閉的・無力的・抑鬱的と考えられがちであるが、良寛は超俗的ではあったがけっして自閉的ではなく、愛他的・社交的であって無力的・抑鬱的ではなく、むしろ内面世界は積極的で躍動的であったことはよく知られている。

とはいえ、やはりこの「生涯身を立てるに懶く」というのが良寛のホンネであり、だれしも良寛のこうした境地に惹かれるのである。私たちは「三升の米、一束の薪」では満足できないし、これでは家族を養えない。私たちは「迷悟の跡、名利の塵」にとらわれるし、そうしなければ世の中はおさまらない。いつも「双脚等間に伸ばす」という心境に安住してはいられない。

たしかに「生涯身を立てるに懶く」という人ばかりでは、家も保てないし、国も成り立たない。滝沢馬琴や渡辺崋山のような家を思い国を思う人、勤勉で実直な人がいなければ、この世の中は立ちゆかない。良寛のような人ばかりでは、家族も社会も現実的には成り立たない。じつは良寛も、〈身をすてて世をすくふ人も在すものを草の庵にひまもとむとは〉と自分を責めているし、若い時は癩病院を再興しようというような積極的な社会的意欲があり、それは〈世の中に門さしたりと見ゆれどもなどかおもひのたゆることなき〉のような歌にうかがえる。しかし、私たちはなぜかそうした社会派良寛より、草庵で所在なく足を伸ばし、村の子どもたちと手毬をついて日を暮らす世捨て派良寛のほうを慕わしく思うのである。

それはおそらく、日本人は現実への執着心が強く、勤勉で上昇志向であり、競争や管理に流れやすい傾向が強いので、それだけにメンタリティ（心性）の深層に、孤独とか無一物、あわれとか遊びという価値への憧れや希求がより強く深くあり、それが日本人一般に見られる良寛鑽仰という現象になったのではないか。やや逆説的な言い方をすれば、良寛はもっとも日本人的でないところがもっとも日本人的として認定（アイデンティファイ）されたのかもしれない。

この「ひとり遊び」の歌の下句を吉野秀雄も良寛の「本音」と見たうえで、「ひとり遊びの語が絶妙で、いわば良寛の人間全体から輝き出たものといえる」（『良寛――歌と生涯』）と語っているが、それはたんに独りで遊んでいるというのではなく、独り人生に遊ぶという境地である。それを願いながらも到底できないからこそ、私たちは良寛を求めるのではないだろうか。

自然体の生き方

良寛が私たちに親愛感をもって身近に感じられるのは、彼が超俗的な生活をしていたにもかかわらず、つねに俗世間との通路を開いていたし、深い学識と高い境地を持っていたにもかかわらず、それを表面に表わさず、ほとんど学問的宗教的な意見を口にすることなく、たとえ教えを説くときも百姓や下女にもわかることばで語っていたからであり、なによりも村の子どもたちと遊ぶ姿にみられる人間良寛の無心や童心に、私たちは理屈抜きで惹きよせられてしまうのである。

そうした人間良寛を語るにふさわしい話として、良寛伝記の一次史料としてもっとも信憑性の高い解良栄重の『良寛禅師奇話』(弘化四、一八四七年)に、次のような一節がある。解良家にはよく立ち寄っていたが、その頃まだ少年であった筆者の栄重はこう語っている。

> 師余ガ家ニ信宿日ヲ重ヌ。上下自ラ和睦シ、和気家ニ充チ、帰去ルト云ドモ、数日ノ内人自ラ和ス。師ト語ルコト一夕スレバ、胸襟清キコトヲ覚ユ。師更ニ内外ノ経文ヲ説キ、善ヲ勧ムルニモアラズ。或ハ厨下ニツキテ火ヲ焼キ、或ハ正堂ニ坐禅ス。其話、詩文ニワタラズ、道義ニ不及、優游トシテ名状スベキコトナシ。只道徳ノ人ヲ化スルノミ。

良寛がいるだけで、家中の者が和気あいあいになるし、ことばを交わすだけですがすがしい気持ちになる。説教もしなければ訓話をするわけでもなく、台所で家事の手伝いをして、あとは奥座敷でひとり座禅をしている。良寛が去ったあとも数日は家中の者はみな和やかでいられる、というのである。

あるいは、おなじ『奇話』にある逸話で、良寛が遊郭の前を通り過ぎようとしたさい、一人の遊女が良寛の袖をつかまえて、昨夜顔も知らない父がこの町に来るという夢を見たが、あなたこそ私の父さまに思えてならないと言ったという。良寛とは知らずに、このお坊さんこそ父と思い込むほど、良寛が父恋しと思う遊女に親しみふかく懐かわしい人に思えたのである。

良寛は周りの人びとへの温かいおもいやりの心をつねに忘れなかったが、人びとが日常いちばん心にかけている健康法について、『戒語』のなかで、次のように噛んでふくめるような言いまわしで書きとめている。

草木をうゑ、にはをさうぢし、水をはこび、石をうつすべし
をり〳〵足にきうをすゆべし／あさねすべからず
ひるねをながくすべからず／みにすぎたることをすべからず
おこたるべからず／かみさかやき（髪・月代）すべし
てあしのつめきるべし／くちそゝぎ、やをじ（楊枝）つかふべし
ゆあみすべし／こゑをいだすべし

草木を植え、掃除し、水を運び、石を移すのも、みなからだを動かし、おのずと健康法になる。貝原益軒や杉田玄白らの自然回復力を重んじる健康法に通じる。〈水や汲まむ薪(たきぎ)

や伐らむ菜やつまむ朝のしぐれの降らぬその間に〉という歌もあるように、良寛は自ら土を耕し種をまき野菜作りもし、つとめてからだを動かしていた。

また朝寝・昼寝をさけ、手足・髪・口中を清潔にし、入浴し、そしてからだを動かし、声を出すことをすすめている。世を捨てた身とはいえ、良寛自身は清潔好きで、身だしなみがよく、衛生にも心をもちいていたことがよくわかる。良寛はけっして世俗と乖離した生き方をしていたのではなかった。こうした生活者良寛の姿に私たちは親近感を覚えるのである。

良寛は口数の多いことを嫌い、『戒語』のなかで「すべてことばをしみじみいふべし」と言っているが、声を出すことはすすめている。『奇話』に「師音吐朗暢、読経ノ声心耳ニ徹ス」とあるように、良寛の声は朗々として澄み、聞く人の耳の底に響きわたり、思わず衿を正すほどであった。良寛は托鉢の日々、声をあげて読経しながら、野道や往来を足にまかせて歩きつづけた。ときには、無心な子どもたちを相手に歌をうたい、毬をついて遊んだ。声を出して歩きつづけること、それはおのずと健康法になったのである。

自然にさからわず、自然の中に自分をあずけきったおおらかな生き方、また日常の暮らし方がそのまま健康法となった、そうした生き方暮らし方が、あの良寛の天衣無縫の書となり歌となり、七十四年の生涯を全うさせたのである。そうした良寛のいわば自然体の生き方に、日本人は自分たちの本来の生き方を見ようとするのである。

心身を調える

自然体の生き方は、食生活という人間の生きる基本についての良寛の姿勢にも見られる。良寛は清貧に徹した暮らしを送っていただけに、その食生活といえば、〈粥を啜て寒夜を消し、日を数へて陽春を遅つ〉と詠んでいるように、粥か雑炊ときには一汁一菜というきわめて質素なものであった。そしてこれら飲食の資のほとんどは、里を行乞して得られたものだった。たしかに良寛の草庵生活は厳冬などはとくにきびしいものであったが、いっぽう良寛のもとには遠近の崇拝者たちから数多くの飲食物が届けられた。

良寛が口にしていた粥も酒も、米どころ越後の良質の米であった。野菜も豆腐も、どれも地元でとれた手作りの食べ物だった。『戒語』には、食養生について、「あぶらのものくふべからず/つねにあわきものくふべし/大食すべからず/酒をあたゝめてのむべし」ということばが見られる。その土地でできた淡白な食べ物を、少しずつとっていたことが、良寛のからだを清浄に保ち、病弱にもかかわらず長生きさせたのであろう。

良寛は粗食で通していたが、けっして人間の生理にさからうような食生活はとらなかった。彼が書いた「請受食文」には、「食を受けざれば即ち身調わず、身調わざれば即ち心調わず、心調わざれば即ち道行じ難し」と説いている。

良寛はなにより心身を調えることを重視していた。長く親愛の情を交わした維馨尼への病気見舞いの手紙に、次のようなことばが見られる。

「御病気如何御坐候や。随分心身を調ふるようにあそばさるべく候」

病気でも医薬に走るより、まず心身を調えることを説いている。心身相関の考えであり、今日流にいえば、体力より体調に価値を置く思想である。

良寛はまた信奉者の一人山田七彦あての手紙に、「……白幽の法はその後いよいよ努めておいでですか。野僧は彼の法を修しているせいか、この冬は寒気も凌ぎやすく覚えます」としるし、次のような詩を書き加えている。〈紛々物を逐うこと莫かれ／黙々宜しく口を守るべし／飯は腸飢えて始めて喫し／歯は夢覚めて後に叩け／気をして常に内に盈たしめば／外邪何ぞ漫りに受けん／我れ白幽伝を読み／聊か養生の趣きを得たり〉

この書簡の詩にもある「気をして常に内に盈たし」は、気を臍下丹田（臍の下約三寸）

にあつめる呼吸法である。別な詩で、〈我は静慮（座禅）に学び、微々として気息（呼吸）を調う〉とも詠んでいるように、長く静かに微かに息を調えることを説いている。良寛はこのように調息法を日ごろから大切にしていた。良寛の伝説として名高い、子どもと遊戯中に死んだふりをするという話は、さきの『奇話』によれば、「気息ヲ調ヘンガタメ」であったという。いかにも機知に富んだ良寛らしい話である。

ところで、この書簡と詩で良寛が語っている「白幽」というのは、臨済宗中興の高僧白隠の仮名法話として名高い『夜船閑話』（宝暦七、一七五七年）に出てくる京都白河の山中に住んでいたという隠者のことである。白隠は彼から「軟酥の法」という内観健康法を教えられ、自分の難病を癒したという話が同書に見られる。ここで「白幽の法」というのは、この「軟酥の法」を主とする内観健康法のことである。良寛は『夜船閑話』を愛読し、この「軟酥の法」に傾倒し、自分も健康法として実践するとともに、友人の山田七彦にも勧めたと思われる。

この「軟酥の法」というのは、まず臍下丹田に気をあつめ、ついで軟酥（薬用として珍重されていたチーズのようなもの）が頭上から自然に溶けて全身の筋肉や骨や内臓を流れ下るのを観想（イメージ）すると、病気も痛苦も洗い流されるというのである。これはいわば自己暗示による心身の集中弛緩法である。暗示は現代医学でもその有効性が承認されているが、この方法を効果的に行えば自然治癒力が働いて免疫力を活性化させ病状を好転させる可能性があると思われる。今日流にいえばイメージ療法である。最近アメリカでもガン治療にイメージ療法が注目されているが、日本でもたとえば河野博臣がガン治療に心身医学的なグループ・イメージ療法を実践し効果をあげている。じつはその基本はこの「軟酥の法」を現代化したものである。良寛が実践していた癒しの理論と方法が現代医療の場で生きているのである。

良寛は生来けっして頑健ではなかった。むしろ病弱で、たとえば〈六十有余多病僧〉と詠んでいるし、「病に臥して」「久しく病みて」といった題の詩歌が多くある。その良寛が七十四歳の高齢まで長生きできたのは、ひとえに良寛が病気を自分に取り込み、そのうえで気を基本とした「養生」に心がけていたからである。良寛は医薬の心得をもっており、友人に「ひぜん（疥癬（かいせん）ともいう皮膚病）」の薬の調剤法とその用法をくわしく記した書簡があるが、この手紙の末尾で、「やでもあふでも、つけさつしやれという事にはなく候、おぼしめしにまかせなさるべく候」と書いている。これは良寛が医薬にばかりたよることを避けていたことを物語る。

こうみてくると、「心身を調ふるやうにあそばさるべく」というさきの手紙のことばも、たとえば〈むらぎもの心は和（な）ぎぬ永き日にこれのみ園の林を見れば〉という歌の「心は和ぎぬ」（心がやわらぐ）ということばも、おなじ心身の在り方を表わしている。心身一体に和らぎ楽しむ良寛の生き方、そこに私たち日本人は「最後はあそこだ」という思いを抱くのである。

宇宙の中に融けていく

その良寛が死病の床についたのは、文政十三年が天保と改まったその十二月のことである。弟由之が塩入峠の雪をかきわけ、兄が身を寄せている島崎村の木村家にかけつけると、その枕許には、下痢と疝痛にもだえながら苦しみのあまり字も乱れたいくつかの歌反故があった。

ぬばたまの夜はすがらに屎（くそ）まりあかし／あからひく昼は厠（かわや）に走りあへなくに
この夜らの／いつか明けなむ／この夜らの／明けはなれなば／をみな来て／尿（はり）を洗はむ／こいまろび／あかしかねけり／ながきこの夜を

言(こと)にいでていへばやすけしくだり腹まことその身はいや堪へがたし

良寛の死病は、これらの歌からも察せられるように、頻回の下痢、しぶり腹、激しい疝痛様の腹痛などの症状からおして、おそらく直腸ガンと推定される（藤井正宜『良寛をめぐる医師たち』昭和五十七年）。鎮痛剤などもとよりない当時、体力の衰えた七十四歳の老人にとって、末期ガンの激痛はどれほどのものであったろうか……。いかに悟りをひらき、生死を超越しているといっても、病いの苦痛には「その身」そのものは「堪えがたい」のである。

それにしても、ここには、激痛にころげまわり、厠（便所）にいくことさえできず、糞尿にまみれ、じっと夜の明けるのを待っている、病苦にあえぐひとりの老人の息づかいが、あまりにも生まなましく聞こえてくる。

病いの苦しみ痛みを、これほどあからさまに歌によみ文字に書きのこした人はほかにいるであろうか。じつは、あれほど文芸のさかえた江戸時代、その例は見ないのである。吉本隆明も「この夜ら」の歌にふれ、「苦を歌って詩になるという考え方は、近世にはまったくなく、明治になっても初期の新体詩にはありようがない」（「良寛詩の思想」『言葉という思想』昭和五十六年）と語っている。たしかに日本で病苦が詩歌になるのは、正岡子規や石川啄木そして宮沢賢治たちを待たなければならない。その意味でいえば良寛は近代的な表現感覚をもっていたといえる。そうした病苦という人間の本性を素直に受けとめ表現した良寛こそ、近づきがたい高僧というより、親しみを抱く一人の隣人として私たちの眼に映るのである。

人間の本性に素直に生きたという意味では、良寛の晩年を彩った若く美しい貞心尼との出会いこそ、人間良寛としてのもっとも純粋な姿が見られる。

良寛と貞心尼の間には、「濃まやかな恋愛感情のあったことは疑いえないし」、「またそれだからこそ良寛はたしかな人間だったともいえるのだ」と吉野秀雄は述べ、二人の間にいわゆる男女関係があったかどうかということは、「畢竟どうでもいいことなのだ」と言っている（前掲書）。二人の魂の交歓の歌は貞心尼の編んだ『はちすの露』にたどれる。たとえば、〈君やわする道やかくるるこのごろは待てど暮らせどおとづれのなき〉の歌の「待てど暮らせど」という語句は竹久夢二の歌を思い出し近代短歌ではないかと錯覚さえ覚える。あるいは、〈あづさゆみ春になりなば草の庵をとく出て来ませあひたきものを〉の「あひたきものを」という呼びかけの率直さには驚くほかないが、吉野秀雄は「直接で強烈で、人間的な紅血の激ち（たぎ）が感じられる」（前掲書）と絶賛している。この純真無垢性こそ、良寛がいう「天真に任す」にほかならない。良寛の漢詩の背後には禅があり、のである。

和歌の背後には万葉集があるといわれるが、この性愛へのおおらかな一体感は万葉人のものである。

さらに、〈歌もよまん手鞠もつかむ野にも出む心一つをさだめかねつも〉という歌にいたっては、恋しい女にようやく逢えた喜びにどうしたらいいのか無邪気に取り乱している男の真情がほとばしり出ていて、その率直な愛の表現に心うたれないではいられない。斎藤茂吉は「死に近き老法師の良寛が若い女人の貞心尼に対した心は真に純無礙であつた。予は此世に於ける性の分別の尊さを今更に思ふ」(『良寛和歌集私鈔』)と語っている。

男女の恋愛は、夫婦愛とか家族愛とちがって、おおく義理と対立し道義と相剋する場合があるが、その愛が虚しいものであればあるほど、もっとも純粋な愛のかたちとなり得る(二三五頁)。良寛と貞心尼の四十歳という年齢差をこえた愛にこそ、人間の本性がもっとも純粋に輝きを発した愛を見るのである。貞心尼との出会いは良寛にとっては、〈ゆめの世にかつまどろみてゆめをまたかたるもゆめもそれがまに〳〵〉というまさに夢の世に「まどろむ」ような心地であったのであろう。貞心尼も至福の時を共有していたにちがいない。義理や恥にとらわれがちの日本人が良寛を渇仰するのは、こうした「現実」を超えた「夢」の世界への渇きでもあった。

現実を超えた無限無窮の愛に生きることのできた魂はまた、次のように無限無窮の宇宙を詩的に幻想することができるのである。

あわ雪の中に顕ちたる三千大千世界またその中に沫雪ぞ降る

「三千大千世界」とは古代インドの世界観による全宇宙。あわ雪の一粒一粒の中に三千大千世界がつまっている。さらにその三千大千世界の中におなじあわ雪が降っている。「かくして三千大千世界と雪との入籠構造は無限に、極大に向かって波紋を拡げていく」と上田三四二は解釈する（『この世この生』）。奇しくも宮沢賢治は友人保阪嘉内あての手紙で、「あの南の字を書くとき無の字を書くとき私の前には数知らぬ世界が現じ又滅しました。あの字の一一の中には私の三千大千世界が過去現在未来に亙つて生きてゐるのです」と書いている。

こうした考え方には、日本人が好んできた曼荼羅的な宇宙観が背後に隠されていると考えることもできる。一見日本人離れした良寛や賢治の宇宙幻想に私たちが強く惹かれるのは、そこに加藤周一も言うように、死を宇宙の中に融けていくとイメージする日本人の死生観（二七九頁）と共振するものがあるからであろう。

「うらを見せおもてを見せて」

さて、良寛危篤が伝えられた十二月末、貞心尼も驚いてかけつける。彼女の顔を見て床の上に坐った良寛は〈いついつと待ちにし人は来りけり今は相見て何を思はむ〉と、声をはずませる。貞心尼はその後、つきっきりで看病する。そして良寛はいよいよ病いが重くなると、薬も食も断つ。今風にいえば延命医療の拒否である。そこで貞心尼は、〈かひなしとくすりを飲まずいひたちてみずから雪の消ゆるやを待つ〉とたずねると、良寛はこうかえした。

うちつけに飯(いひ)を断(た)つとにはあらねどもかつやすらひて時をし待たむ

この「時をし待たむ」という一語に良寛はどれほどのおもいを込めたのであろうか——。ここには、病いと闘うのではなく、病いを受容し、やすらいの境地に達した良寛がいる。それは、この二年前の三条大地震のとき、友人の山田杜皐(とこう)にあてた手紙で書き送った名高い一節、「……災難に逢ふ時節には災難に逢ふがよく候。死ぬ時節には死ぬがよく候。是はこれ災難をのがるる妙法にて候」とおなじ心境といえる。

死ぬのも生きるのも、その自然にかなった「時節」というものがある。「死ぬ時節には死ぬがよく候」というのは、もとより投げやりな生き方をいっているのではない。別な言い方をすれば、「死ぬときが来なければ、死なない」というのである。ここでいう「時節」はこの歌の「時」にあたる。それは物理的・量的な「時」ではない。実存的・質的な「時」である。ギリシア語でいえば、クロノス（Kronos）の時ではなく、カイロス（Kairos）の時である。好機とか機会とでも訳される質的な時である。良寛は、生から死への「時」に、人生至高の「時」を託し、その「時」を「やすらひ」の境地で待ち望んだのである。

貞心尼はそれから昼夜、枕辺で良寛を看とっていたが、いよいよ臨終も近づいたとき、〈生き死にの境ひはなれて住む身にもさらぬ別れのあるぞ悲しき〉と詠むと、良寛は次のように口ずさんだという。

うらを見せおもてを見せて散るもみぢ

ここには、人には表も裏もある、そして生死も表裏も一体であるという日本人の伝統的心性が巧まず表現されている（二二頁）。島崎村の木村家の良寛遺墨を展示した維宝堂には、「易曰錯然則吉也」と前書きして、「寒暑 黒白 善悪 大小 明暗 方圓 浄穢……」という二つの対立語を一つのことばとした文字を並べた小さな紙片がある。良寛は、是非、迷悟、表裏、生死などということばが好きだった。この書の隣にも、「生死大事 無常迅速 各宜醒覚 謹莫放逸」という漢詩が置かれていた。

あるいはこの最後の一語に、良寛は貞心尼への想いもふくめ、自分自身の心底にも表裏があり、それは一体であることを、それとなく訴えたかったのであろうか……。

こうして天保二（一八三一）年一月六日の午後四時、由之と貞心尼に見まもられ、弟子遍澄にかかえられ息を引きとった。

良寛の辞世としては、このほかに谷川敏朗『良寛伝記・年譜・文献目録』によると、「良寛禅師重病之際、何歟御心残りハ無之哉と人問シニ、死にたふなしと答ふ。又辞世はと人問ひしニ、散桜残る桜もちる桜」とあり、さらに辞世として、〈我ながら嬉しくもあるか弥陀仏の今その国に行くと思へば〉の歌があげられている。この歌には、〈我ながら嬉しくもあるか弥陀仏のいますみ国に行くと思へば〉というかたちもある。こうした他力本願の歌がほかにもあるが、良寛は禅の人であるだけに、「あの世」より「この世」を大切にしていたことはいうまでもない。

良寛が最後に「死にとうない」と言ったとか、〈散る桜……〉と詠んだとかいう話は、おそらく後人の作った良寛伝説であろう。しかし、こうした俗人好みの伝説が生まれ語りつがれていくところに、日本人の良寛へ寄せる親近感があるといえるのかもしれない。臨終の有様を伝えるものとして、貞心尼は「さのみ御なやみもなく、ねむるが如く坐化したまふ」（『浄業余事』）と記している。まさに「死ぬ時節には死ぬがよく」死んでいったというべきである。また証聴の『良寛禅師碑銘並序』によると、周囲の者が遺偈（遺言）を乞うと、「口を開いて阿と一声せしのみ。端然として坐化す」という。「阿」は梵字の一字、万有の根源を象徴し、一切諸法不生不滅を意味するといわれ、そして新生児がはじめて口にする音である。この証聴によると、良寛は死後、「時を遷すも顔貌生けるが如し」であり、「四縁の哀悼啻ならず。闍維（火葬）の日、千有余人来り聚り、斎しく手を擎げて流涕せざるはなきなり」という。

おそらく死に臨みながら良寛は、あの「あわ雪の中に顕ちたる三千大千世界」の中に融けていくのを幻視していたのではないだろうか……。

おわりに　日本人の死生観――『虚空遍歴』から

「自然としての死」「文化としての死」

日本人の死に対する態度を、加藤周一は乃木希典から三島由紀夫にいたる代表的な近代日本人六人の生死をたどった共著『日本人の死生観』の終章で、次のようにまとめている。

(1) 家族、血縁共同体、あるいはムラ共同体は、その成員として生者と死者を含む。

(2) 共同体の中で「よい死に方をする」ことが重要である。それは、劇的でなく、静かに死に対する。

(3) 死の哲学的なイメージは、「宇宙」の中へ入って（帰って）ゆき、そこにしばらくとどまり、次第に融けながら消えていくことである。

(4) 「宇宙」へ入って行くイメージは、個人差を排除する。人間の死に介入する超越的な権威はないから、最後の審判はない。仏教的「無常」の観念は、人間の死を相対化し、その衝撃を緩和させ、いっぽう「常」である「宇宙」つまり集団あるいは共同体の不死という観念につながる。

(5) 一般に日本人の死に対する態度は、感情的には「宇宙」の秩序の、知的には自然の秩序の、あきらめをもっての受け入れということになる。その背景は、死と日常生活上との断絶、すなわち死の残酷で劇的な非日常性を強調しなかった文化である。あきらめをもっての受け入れは、自己制御の結果としての冷静さ、あるいは周到な準備の結果としての最後の達成のようにみえることがある。しかし、それは自己制御があきらめを可能にしたのではなく、あきらめが自己制御を可能にしたのである。

このように日本人の伝統的な死生観をまとめている。ここで最後に言われている「宇宙」の秩序とは日本の伝統社会の用語でいう「天地」にあたる。また死者を含む「共同体」とは「文化」と言い換えることもできる。

そして、「あきらめをもっての受け入れ」とは、「折り合う(和解する)」ということばで言い換えることもできよう。

花鳥風月や山川草木に象徴される自然との一体感の中で生きてきた日本人は、人の生命も自然の一部と考え、その生命が死に向かっていくのが自然であるなら、その死を受け入れてきた（折り合ってきた）のである。

またかつては医療が高度化していなかったためもあり、たとえば人が引潮時に息を引きとるということが実際に見られ、自然のリズムと一体になった死、つまり「自然としての死」が日常的に見られた。

これを現代的に考えるとすれば、その人が生命体として死に向かっていくのが自然であるなら、無理な延命医療をほどこすのでなく、その自然な「死をまもる」こと、つまり「自然としての死」を全うする道をとるという考えである。

いっぽう、いつの時代も、人は自分あるいは家族の死が同じ社会の同時代人（＝隣人）と共有する「文化」の中にあるという了解のもとに、その死と和解できたのである。

たとえば、一昔前は臨終の間際あるいはその直後に、死にゆく者の唇を近親者が水でしめらせる「死に水をとる」という仕来たり（作法）があった。こうした「死の作法」によって、死にゆく者は自己の死と和解し、見送る者は愛する者の死を了解した。これが「文化としての死」の一つのかたちである。

また「たましい」の存在を信じる日本人は、個としての生命より、自分が属する「共同体（文化）」の中で生きていく「いのち」につながることを願ってきた。

最近は「自分らしい死」とか「自己決定」ということがいわれるが、個人としての死に方を考えることもさることながら、その死がその人の生きている「文化」として了解（納得）できるかどうかということが問われなければならない。病いも医療も「文化」であると考えるとすれば、時代の病いとして、時代の医療として、その死が了解できる死であるならば、それは「文化としての死」といえるのである。

その死が、「自然としての死」「文化としての死」であるなら、それが自己の死であれば、その死と「折り合う（和解する）」ことができ、それが愛する者の死であれば、その死に「寄り添う（同伴する）」ことができるのである。

さらに、死をいかにのり超えるかという視座から考えるとき、神仏への信仰つまり宗教によって死をのり超えられるというのは、「神への愛」によって死を超えられると言い換えることができる。とすれば、死をのり超えるのは「愛」ではないかということもできる。

死をのり超える愛は、神への愛だけではない。広い意味でいえば、家族への愛はもとより、ときには思想や芸道に対する愛に人は命をかけることができ、それによって死んでいくことができる。とりわけ自然や芸道を愛した日本人は、たとえば花や月に対する愛に生き死んだ西行や芭蕉たちの死に方を憧憬してきた。

ふつうの人たちとしては、身近な事例として、「子どもの手を握って死ぬ」ことで死と折り合えるというように、家族や愛する者へのおもいを支えとして死と折り合ってきた。

ときには人間にかぎらず、愛してるものであるなら、いかなる対象であってもいい。そうした対象はよく「生きがい」といわれるものである。たとえいかにささやかなものであっても、真の「生きがい」であるなら、それによって死をのり超えられる。それは「死にがい」といってもいい。人間の愛のかたちや「生きがい」といわれるものは文化や社会によって規定されているとすれば、愛にかかわる死は「文化としての死」ということもできる。

こうした「自然」と一体になった死、「文化」と同化した死は、古い日本の情景の中だけに見られるのではない。また病院死のすべてが非自然的で非文化的であるというのではない。たとえば、朝日新聞の歌壇（平成六年二月二十七日）に、〈脳死後の夫の心音聴きにゆく看護（みとり）の窓に梅散り果てて〉（鈴木りえ）という一首があるが、この場合、いわゆる脳死者もまだ「看護」の中にあり、生から死への連続的時間の中にいる。そしてその死が短歌という伝統的な短詩型で表現されたことを考えれば、その死は「自然としての死」「文化としての死」を死んでいったといえるのである。

『虚空遍歴』と「日本人の死生観」

山本周五郎の代表作の一つ『虚空遍歴』（昭和三十八年）は、自己の人生を芸道との孤独な苦闘にかけた中藤冲也（ちゅうや）と彼に影のごとく付き添うおけいという女とのふかぶかとした人生を描いた長編であるが、その最終の場面で、冲也が死ぬ前に夢の中に祖父が出てきて自分に話しかけたことをおけいに告げる場面がある。

「夢の中で、祖父はおれを見て、やさしく笑った。——な、わかったろう。おれは死んでいやあしないんだ、と祖父は云った、死ぬことはこの世から消えてなくなることではなく、その人間が生きていた、という事実を証明するものなのだ。死は、人間の一生にしめ括りをつけ、その生涯を完成させるものだ、消滅ではなく完成だ」

そこで眼がさめた冲也は、祖父のことばに「理屈では割り切れない、なにか大きなしんじつがそこにあるように感じられた」。「そんなふうに思いあぐねている」冲也の眼に、「暗い天井を背景に祖父の姿がうかんでみえた、夢の中の臨終の姿ではなく、麹町の屋敷の庭で、おれに剣術の稽古をつけていたときの姿だ、じっと見ていると、そのうしろには祖母もいたし、おそらく祖先の人たちだろう、老若さまざまの男女が、一列になって静かに通りすぎてゆくんだ」と、冲也はおけいに語る。

ここには、死に際に先祖の霊と交流し、加藤周一のいう「共同体の中で静かに死に対する」という古くからの日本人の心性が見られる。そして夢に出てきたのが父ではなく祖父というところに「いのち」の連続性が読みとれるのである。冲也からくり返し聞かされた「死」についての彼のことばは、おけいの「独白」の中にふたたび次のような文章で出てくる。

「人間の一生で、死ぬときほど美しく荘厳なものはない。それはたぶん、その人間が完成する瞬間だからであろう。生きているうちは醜いことが多い、狡猾(こうかつ)や裏切や、貪欲(どんよく)や策謀。いいことをする裏には、数知れない悪徳が積み重なって、腐ったごみ溜のような匂いを放っている。生きている限りその匂いは付いてまわるが、死ぬ瞬間にそれらは停止する。そこにはもう不安定なものはなにもない、それぞれの善悪、美醜をひっくるめた一個の人間として完成するのだ。……死は生の証明であり、その人間の完成なのだ」

この作品が書かれたのは、昭和三十六年から三十八年にかけてのこと、日本は高度成長に浮き足立ち、多くの日本人は老いや死のことなど考えもせず、ひたすら生の欲望を無限に追及することに狂奔していた時代であった。

そんな時代に、死を真正面からとりあげ、死は人間の「完成」である、と断言した山本周五郎は時代の予言者といえよう。

それから三十余年、高度成長の申し子としての高度医療の達成を背景に、高齢化社会と慢性病の時代が到来し、私たちはだれしも老いや死と否応なく向き合わざるを得ない時代を迎え、あらためて一人ひとりが「死生観」を問い直される時代となった。

人が死に向かう時、死にゆく者の生を全うさせる、『虚空遍歴』のことばで言えば、その人生を「完成」させる、という営みを高度医療の中でどう実現していったらいいか、それが私たちに突きつけられたもっとも重大な課題となってきた。今いちばん大切なことは、「生命をまもる」ということではなく、「死をまもる」ということである。「死をまもる」ということによってはじめて、その人間の人生は「完成」するのである。そして、人生の「完成」としての死ということは、なにも偉大な事業やすぐれた芸術を完成するということではない。その人らしい生を、その人らしい死でしめくくることである。

この夢の話のあと、おけいは二人の出会いをふり返り、冲也が「自分たちは前世できょうだいだったのではないか、それとも前の世にはひとりの人間で、この世へ生まれてくるとき、二人に分身したのではないだろうか」と言ったことを思い出す。「あの世」を信じることは「前世」を信じることでもある。それはまた「うまれかわり」という観念でもある。

こう語っていた冲也は、ある夜半、「ああ」と空（くう）をみつめたままこう言って、死んだ。

「支度ができたから、でかけることにするよ」

この冲也のことばは、死を「この世」から「あの世」への旅と考える日本人古来の死生観そのものである。「でかけることにするよ」という一語は、芭蕉の「道路に死なむ」の一語とおなじ旅の路上を「死に場所」とする覚悟であり、「支度ができた」という発語には、一茶の「死支度」の句が思い浮かぶ。良寛に見てきた「宇宙の中に融けていく」という死に方である。

冲也の死のあともおけいにとっては、「あの方がなまなましく生きている」。しかもそれは、旅をつづけている冲也であった。おけいは、「そのときから今日まで、あの方が旅を続けているようにしか思えない。眼をつむるとあの方の姿が見える、いつでも、どんなところでも、眼をつむればあの方の姿がはっきりみえるのだ。或るときは急な山坂を登ってゆく姿であり、或るときは宿の座敷の、ほの暗い行燈の下で、ふし付けをしている。或るときは峠の茶屋で、土地の老人と話している姿であったりする」。おけいにとっては、冲也は死んでいない。「あの方はふし付けをしながら、いまもなお旅を続けているのだ」。

ここには、死者の魂は生きていると信じる日本人の死生観が胸に響くことばで表白されている。現代の歌人齋藤史（ふみ）は夫を失ったとき、〈秋の虚空夜をいだきてつゆ充（み）ちぬいづべのあたり魂（たま）はゆくらむ〉と歌っている。

愛する者を失った者にとって、身体を離れた愛する者の魂の行方は、心の眼ではっきりと追えるのである。いのちは限られた身体的なものだけでなく、限りない霊的なものをふくんでいるのである。愛する者は魂によって癒され、魂としてのいのちを生きていくのである。だから、「いまもなお旅を続けている」冲也に向かって、おけいはこう「心の中で呼びかける」。

「あなた、あまり遠くまでゆかないで下さいね、おけいが追いつけないほど遠くへはゆかないで、もうすぐですからね」

『虚空遍歴』には愛ということばは一語もないが、主人公の沖也は芸への愛で死を超え、彼に寄り添うおけいはその死に寄り添い、「あの世」に生きている男の魂の存在を信じ、男への愛で自分の死を死んでいく。死は人間の「完成」であるという沖也の発語の背後には、「愛」というメッセージが隠されている。

死生観というのは、その人ひとりの生死だけにかかわるものではない、その人の愛する者の生死にも深くかかわるものである。「あの方がまだなまなましく生きている」ことは、おけいにとって「紛れのない現実なのである」。この長い物語は、そう信じるおけいの次のようなつぶやきで、終わる。

これは夢でも幻でもない。あたしにとっては現実そのものであり、いまこうして、その日その日を生きているあたし自身よりも、はるかに紛れのない現実なのである。

ここからは、かつて西行が歌った〈現をも現とさらに思へねば夢をも夢となにか思はん〉とおなじ夢幻感（三九頁）、日本人が憧れてきた魂の浮遊感、あの世とこの世、現実の世と夢の世、生と死の境界を超えた恍惚感、愛の極みに体現する「つぶやき」とでもいうべき死生観がひそやかな声で聞こえてくるのである。

あとがき

本書は、西行から良寛にいたる十二人が語ってくれたことばのなかに日本人の死生観を読み解き、彼らの生き方死に方にふれながら、できるだけ現代の私たちが直面している問題にむすびつけ、今日の日本人のメンタリティ（心性）の基層に生きている死生観を照らし出してみることを意図したものである。

「日本人の死生観」というと、宗教学あるいは民俗学の立場から論じられるのがふつうであるが、本書には空海も道元も出てこないし、葬送儀礼や信仰行事の話も出てこない。

ここでは、病いや死を歴史や文化の視座から考えつづけてきた私として、日本人は生と死をどのように考え、どのように生き死んでいったかということを、先人たちのことばからじかに聞き出し、そこにごくふつうの日本人が抱いてきた死生観をさぐってみようとしたのである。

それだけに専門的には「日本人の死生観」と題せないかもしれないが、もともと今日の私たち自身の生き方死に方への指針が得られればという願いがあっただけに、もしここから読者なりに死生観の示唆を見つけていただくことができれば幸いである。

ところで、本書の原稿を書きすすめていた初冬の一日、私は京都の双（ならび）が岡の長泉寺をたずね、吉田兼好の墓に詣でる機会にめぐまれた。

本堂で兼好の木像と対座したあと、寺の墓地の奥にまわると、「兼好法師」とのみ刻まれた苔むした自然石がひっそりとたたずんでいる。その傍らの歌碑の石をたどると、「ならびのをかに無常所をまうけてかたはらにさくらをうへさすとて」と前書きした次の歌が読まれる。

ちぎりをく花とならびのをかのへにあはれいくよの春をすぐさむ

兼好が自分の「無常所」（墓所）をこの地に定めてこの歌をつくったのは四十八歳ごろとされるから、六十八歳で世を去るまでの二十年の「春」を彼はこの岡の辺りで過ごしたのであろう。

ここ双が岡は山中でも町中でもなく、いかにも兼好らしい俗世に近い安息静観の地である。あの『徒然草』の平衡感覚はこの地の風光と無縁ではない。塚の傍らの代々植え替えられてきた今の桜が、たまたま私の年齢と同じ樹齢であることを知り、ことさらおもいを深くした。

この長泉寺を花園に向かって下ると、すぐに西行ゆかりの法金剛院である。庭園にある青女の滝の裏山にある花園西陵は、西行の非恋の相手といわれる待賢門院璋子の墓所である。ここまで来ると、日常的な京都の喧噪とは一変して、女院を想って詠んだ西行の歌のいくつかが思い浮かび、なにかしんとした中世の異界にさまよいこんだ気配につつまれる。そして、本書の原稿が仕上がった桜もほころびかけた一日、私は大津の幻住庵をたずねる機会にめぐまれた。

芭蕉が『幻住庵記』に書いている八幡宮（今の近津尾神社）の「神体は弥陀の尊像」という個所については本書でもふれたが、この神社の裏山の木立ちのなかに幻住庵が復元されている。ここで詠んだ〈先たのむ椎の木も有夏木立〉の句碑があるが、たしかに椎の木のおいしげる静寂境である。四カ月ここで過ごしたあと江戸に戻り、四年後に大坂の客舎で世を去るが、彼は大津の義仲寺に葬られた。

この幻住庵の縁先に座ると、石山寺のほうから風が渡ってくる。ここも、兼好が安住した双が岡と同じような人懐かしい風光である。芭蕉も世を捨てたとはいえ、俗世のすぐ近くに住み、門弟や家族といつも親しく交わっていたことが、しみじみと偲ばれる。

そんなおもいに耽りながら、その日、私は大津の長等公園にある三橋節子美術館に立ち寄った。ガンのため右腕を切断し三十五歳で早世した画家三橋節子については、梅原猛さんの『湖の伝説』にくわしい。

彼女が迫りくる死を前に左手だけで描いた奇蹟ともいうべき作品、なかでも「花折峠」の鮮烈な画面に胸を衝かれた。野の花に送られ川のなかを流れていく死せる少女は、日本のオフィーリアといえるが、近江の伝説に題材を得たこの作品に、私はここにもやはり日本人の死生観が隠されていると思わないではいられなかった。可憐な花を手にした死者をふかぶかと運んでいく黒ずんだ青い川——、私は千代女の〈川ばかり闇はながれて蛍かな〉の句を思い出していた。

日本人の死生観にはそれを育んできた日本の風土があること、そして現代の日本人にも伝統的な死生観が心性の古層に脈々と生きつづけていることを、こうした〝小さな旅〟でもたしかめることができたのである。

本書は書き下ろしの原稿であり、そのうえ日本の代表的な古典を対象としているだけに、もともと私には手にあまる仕事であったが、ともかくこうして一冊にまとめることができたのは、筑摩書房の土器屋泰子さんの励ましのおかげである。そして生と死をテーマに制作をつづけられる版画家の秀島由己男さんの作品で、この小著を飾ることができたのは嬉しいことであった。
最後に、本書のもとになった私の講義を聞かれた多くの方々、アンケートに協力していただいた方々にお礼を申しあげたい。

一九九八年　花祭の日

立川昭二

参考文献

【全般】

加藤周一・ライシュ・リフトン『日本人の死生観』一九七七年　岩波新書
上田三四二『この世この生』一九八四年　新潮社
小林秀雄『無常という事』一九四六年　創元社
山本七平『日本人の人生観』一九七八年　講談社学術文庫
梅原　猛『日本人の「あの世」観』一九八九年　中央公論社
山折哲雄『臨死の思想』一九九一年　人文書院
相良　亨『日本人の死生観』一九八四年　ぺりかん社
松田義幸編『神々の風景と日本人のこころ』一九九六年　ＰＨＰ研究所
五来　重『日本人の死生観』一九九四年　角川書店
久野　昭『日本人の他界観』一九九七年　吉川弘文館
久保田展弘『日本多神教の風土』一九九七年　ＰＨＰ研究所
暉峻康隆『日本人の愛と性』一九八九年　岩波新書

ベネディクト・長谷川松治訳『菊と刀』一九六七年　社会思想社
李　御寧『俳句で日本を読む』一九八三年　PHP研究所
多田富雄・河合隼雄編『生と死の様式』一九九一年　誠信書房
大岡　信『永訣かくのごとくに候』一九九〇年　弘文堂
波平恵美子『いのちの文化人類学』一九九六年　新潮社
宮田　登『神の民俗誌』一九七九年　岩波新書
新村　拓『死と病と看護の社会史』一九八九年　法政大学出版局
立川昭二『この生　この死――江戸人の死生観』一九八九年　筑摩書房
〃　『臨死のまなざし』一九九三年　新潮社
〃　『江戸　老いの文化』一九九六年　筑摩書房
〃　『生と死の現在』一九九五年　岩波書店
〃　『病気を癒す小さな神々』一九九三年　平凡社
〃　『生老病死――いのちの歌』一九九八年　新潮社

〔西　行〕

佐々木信綱校訂『山家集』一九二八年　岩波文庫

風巻景次郎校注『山家集』「日本古典文学大系」一九六一年　岩波書店
桑原博史訳注『西行物語』一九八一年　講談社学術文庫
白洲正子『西行』一九八八年　新潮社
高橋英夫『西行』一九九三年　岩波書店
藤原成一『日本往生術』一九九二年　法蔵館

〔鴨長明〕

三木紀人『方丈記・発心集』「新潮日本古典集成」一九七六年　新潮社
市古貞次校注『方丈記』一九八九年　岩波文庫
西尾実校注『方丈記・徒然草』「日本古典文学大系」一九五七年　岩波書店
堀田善衞『方丈記私記』一九七一年　筑摩書房
山折哲雄「鴨長明の浄土」『日本人と浄土』一九九五年　講談社学術文庫

〔吉田兼好〕

西尾　実・安良岡康作校注『徒然草』一九八五年　岩波文庫
西尾実校注『方丈記・徒然草』「日本古典文学大系」一九五七年　岩波書店
上田三四二『俗と無常——徒然草の世界』一九七六年　講談社

杉本秀太郎『徒然草』一九八七年　岩波書店
目崎徳衛『数奇と無常』一九八八年　吉川弘文館

【松尾芭蕉】
上野洋三・櫻井武次郎『芭蕉自筆　奥の細道』一九九七年　岩波書店
萩原恭男校注『おくのほそ道』一九七九年　岩波文庫
杉浦・宮本・荻野校注『芭蕉文集』「日本古典文学大系」一九五九年　岩波書店
中村俊定校注『芭蕉俳句集』一九七〇年　岩波文庫
上野洋三『芭蕉、旅へ』一九八九年　岩波新書
尾形　仂『「おくのほそ道」を語る』一九九七年　角川書店

【井原西鶴】
村田穆校注『日本永代蔵』「新潮日本古典集成」一九七七年　新潮社
麻生・野間他校注『西鶴集』上・下「日本古典文学大系」一九五八年　岩波書店
暉峻康隆訳注『世間胸算用』一九九二年　小学館
神保五彌校注『浮世風呂』一九六八年　角川文庫
暉峻康隆『元禄の演出者たち』一九七六年　朝日新聞社

〔近松門左衛門〕

信多純一校注『近松門左衛門』「新潮日本古典集成」一九八六年　新潮社
森修ほか校注訳『近松門左衛門集』1　一九七二年　小学館
和辻哲郎・古川哲史校訂『葉隠』上　一九四〇年　岩波文庫
廣末　保『心中天の網島』一九九七年　岩波書店
パンゲ・竹内信夫訳『自死の日本史』一九八六年　筑摩書房
富岡多恵子『近松浄瑠璃私考』一九七九年　筑摩書房

〔貝原益軒〕

益軒会編纂『益軒全集』巻之三（復刊）一九七三年　国書刊行会
石川謙校訂『養生訓・和俗童子訓』一九九一年　ワイド版岩波文庫
松田道雄編『貝原益軒』「日本の名著」一九六九年　中央公論社
井上　忠『貝原益軒』一九六三年　吉川弘文館
横山俊夫編『貝原益軒――天地和楽の文明学』一九九五年　平凡社

〔神沢杜口〕

日本随筆大成編輯部編『翁草』全六巻「日本随筆大成・新装版」一九九六年　吉川弘文館
宗政五十緒編『異本翁草』「随筆百花苑」第十巻　一九八四年　中央公論社
浮橋康彦訳『翁草』上下　一九八〇年　教育社
高野　澄『歴史に学ぶ老いの知恵』一九八〇年　ミネルヴァ書房

［千代女］
中本恕堂『加賀の千代全集』一九八三年　北国出版社
上野さち子『女性俳句の世界』一九八九年　岩波新書
有馬澄子・若杉哲男・西垣賀子『女重宝記』上下　一九八九年　東横学園女子短期大学女性文化研究所
有馬澄子・西垣賀子『「女重宝記」の研究』一九九五年　東横学園女子短期大学女性文化研究所

［小林一茶］
丸山一彦校注『一茶俳句集』一九九〇年　岩波文庫
矢羽勝幸校注『父の終焉日記・おらが春他一篇』一九九二年　岩波文庫
小林計一郎『小林一茶』一九六一年　吉川弘文館
鈴木大拙『日本的霊性』一九七二年　岩波文庫

鈴木大拙『妙好人』一九七六年　法蔵館

［滝沢馬琴］

小池藤五郎校訂『南総里見八犬伝』全十巻　一九八四—八五年　岩波書店
暉峻康隆他校訂『馬琴日記』全四巻　一九七三年　中央公論社
川村二郎『里見八犬伝』一九八四年　岩波書店
麻生磯次『滝沢馬琴』一九五九年　吉川弘文館
佐藤昌介『渡辺崋山』一九八六年　吉川弘文館
作田啓一『恥の文化再考』一九六七年　筑摩書房

［良　寛］

吉野秀雄『良寛——歌と生涯』一九七五年　筑摩書房
唐木順三『良寛』一九七一年　筑摩書房
大島花束・原田勘平訳注『良寛詩集』一九九三年　岩波文庫
谷川敏朗編著『良寛伝記・年譜・文献目録』一九八一年　野島出版
北川省一『漂白の人　良寛』一九八三年　朝日新聞社
中野孝次『良寛の呼ぶ聲』一九九五年　春秋社

解説　古典文学から日本人の死生観を辿る

島内裕子

「日本人の死生観」という言葉は、折に触れて使われる言葉であり、日常の中で目にすることも多いが、この言葉の内実を解明し、具体的に記述するのは容易なことではない。死生観は、世界各地に遍在しているものである。そこに「日本人の」という枠組みを設定すれば、おのずと人生観や人間観の絞り込みができるとしても、古代から現代までの膨大な数の人間の生死を思えば、「死生観」をどこから、どのように抽出して、みずからの問題意識を明確にできるのか。

人それぞれに、漠然とした死生観があるとしても、それらの個別の思いが、心の中だけに留まっている限り、他者からは窺い知ることはできない。けれども、古来からのしきたり、墳墓の形態、記録としての文書、文学作品、絵画や工芸など、形あるものに託されて、死生観は堆積し、多様性と共通性の双方を保持しつつ、現代に至っている。すなわち、死生観とは、時代の経過につれて変容する側面がある。そのことは、死生観の多様性として顕現してきた。けれども、時代による変容にもかかわらず、共通するものがある時、その淵源は何処に在るかが、究明すべき課題となる。しかも、淵源はたった一つとは限らない。いくつもある淵源の探索と、その変容過程の双方が相俟ってこそ、「日本人の死生観」の輪郭と内実が明確になる。

本書『日本人の死生観』の場合、著者である立川昭二氏は、古典文学として蓄積されてきた作品群を抽出領域に見定めた。それによって、死生観の「淵源と変容の道筋」を眺望しようとしたのだ。実は、わたくしは本書の題名から、かなり難解な本ではないかという第一印象を受けて、一種「気後れ」のような感じを持った。だが、実際にページを開いて読み始めるやいなや、すぐさまそれは消し飛んだ。これほどストレートに読者の心に分け入り、共感と共鳴に満たされる本は、滅多にない。扉は大きく開かれたのだった。

本書の充実ぶりは、目次を見ただけでも明白だろう。文学者の名前と、歌句や著作から切り出された珠玉の表現が、一筋に繋がっている。そこに登場するのは、現代人になじみ深い文学者たちがほとんどである。

唐突な例になるかもしれないが、本書の方法は、藤原定家によって撰集された『小倉百人一首』を、わたくしに連想させる。『小倉百人一首』には、「詠み人知らず」の歌は入っていない。七世紀の天智天皇から始まり、十三世紀の順徳院まで、ほぼ時代順に、百人の歌人たちの名歌を収めたアンソロジーである。したがって、百首の歌はすべて、作者である個人名と分かちがたく結びついて、人々の心に入ってくる。和歌の配列は、そのまま「王朝和歌史」のエッセンスでもある。文学者名で章立てされている本書が、『小倉百人一首』と似ていると感じる所以である。

本書を手にした読者は、どのように読み始めるのだろうか。まずは、お気に入りの人物を選んで、飛び飛びに読むのも楽しいだろう。けれども、「連続読み」することが、本書の真骨頂を最もよく理解する読み方になると思う。わたくしは、学生時代から『徒然草』の研究を続けてきた。『徒然草』は二百五十段近い多彩な章段からなり、どのページを開いても興味深い内容であるが、序段から飛ばさずに最終段まで連続読みしてゆくと、作者である兼好の精神形成と視野の広がりが、全体の流れの中から見えてくる。作品としての達成も、よく理解できる。

『日本人の死生観』に登場するのは、歌人・俳人・著述家であり、広い意味での文学者である。本書における古典文学者たちの取り上げ方と配列は、ごく自然に構成されているように見えて、考え抜かれている。複数の文学者が、ほぼ時代順に登場する本書を連続読みすれば、一人の人間の精神形成とその変容を超えて、まさに日本人の死生観の生成と展開を辿ることができる。著者の壮大な企図が、連続読みによって見えてくる。

本書を実際に読み進めている途上では、文学者その人の肉声を間近に聞くような親密感が全編に漂い、思想史の論述という堅苦しさはまったく感じられない。それは、誰もがその名をよく知っている文学者の著作から、原文が豊富に引用されているからであろう。原文の切り出し方は、長い場合でも十行を超えることはなく、立川氏による行き届いたわかりやすい解説と一体化しているので、ごく自然に原文の意味内容も理解できる。

このように、本書『日本人の死生観』は、十二世紀初頭の西行から十九世紀半ばの良寛まで、七百年余りにわたる十二人の文学者たちの、死生観に関わる名文・名句のアンソロジーである。その一方で、本書が文学者ごとに章立てする方法論を選択したことで、おのずと、もう一つの大きな成果が浮かび上がってきた。すなわち、「日本人の死生観」とは、「日本人の生き方そのもの」に宿ることが、再認識されるのである。

現代人にとって、日本の古典文学の中で人気が高いのは、西行であろう。芭蕉や良寛も、西行の系譜である。彼らの作品は勿論のこと、彼らの生き方そのものへの共感と憧れが、人気の高さを支えている。また、鴨長明の『方丈記』と兼好の『徒然草』は、人生いかに生きるべきかというテーマに正面から取り組んだ文学作品であり、一般に「随筆」と呼ばれるが、わたくしは、現代の批評文学に繋がる画期的な古典であると考えている。

このように、人気の面でも、また文学史的な重要性に鑑みても突出した、西行・長明・

兼好の三人が、日本人の死生観という、大きなテーマの中で冒頭部に取り上げられたことによって、本書に登場する文学者たちが有形無形な繋がりを持ってくる。ページを隔てて、異なる文学者たちの発想や価値観、美意識、人生観などが響き合うことを、読者自身が発見できるのは、本書を読み進めてゆく楽しみのひとつであろう。

以下、本書の記述に対する私見を交えながら、述べてみたい。

冒頭部に位置する三人の文学者の関係性を、文学史の中で把握すれば、次のようになるだろう。平安時代末期から鎌倉時代末期にかけて登場した西行・長明・兼好は、勅撰歌人、すなわち、勅撰和歌集に自作の和歌が入集する栄誉に浴した歌人である。彼らは、それぞれの人生のある時期を画して出家者となり、世俗から距離を置いたという点でも共通性を持つ。ただし、文学的な視点から言うならば、西行があくまでも歌人であるのに対して、長明は『方丈記』の作者、兼好は『徒然草』の作者であることが重要である。『方丈記』と『徒然草』は、散文を書き綴ることによって物事を評論する文学ジャンルを創出し、後世の人々の生き方の指針と言えるような影響力を及ぼし続けた。

本書で、「長明には川を詠んだ歌が多い」と言及されているのは、おそらく立川昭二氏の胸裡に、「石川や瀬見の小川の清ければ月も流れをたずねてぞ澄む」という、当時評判となった鴨長明の名歌があるからだろう。「瀬見の小川」とは、下鴨神社の御手洗川の異名である。下鴨神社出身の鴨長明の、その後の人生の変転と重ね合わせると、ひときわ心深い歌である。また、兼好の場合も、「かくしつつ何時を限りと白真弓起き伏し過ぐす月日なるらむ」という歌を詠み、死の到来も何時と定かでない、日々の倦怠を嘆いている。そのような徒然なる日々の無聊の中から生み出されたのが、『徒然草』であった。このような文学史の把握に基づいて、本書の冒頭部の三人の描かれ方をわたくしの言葉で集約して述べれば、以下のようになる。

旅に生き、旅に死んだ一所不住の西行はみずからの死の情景を、「桜と満月」の中にイメージした。その和歌を出発点として、日本人の死生観を辿る旅が始まる。「ゆく河の流れ」に人生を見た長明は、「住まいのあり方」に主軸を置いて、自分自身の人生体験から、「三界唯一心」という仏典の言葉を摑み取った。兼好は、死の到来という不可避の深淵に無常の本質があることをしかと見極め、それを眼裏に焼き付けてから踵を翻し、「唯今の一念」、すなわち今という瞬間瞬間を生きる自覚によって、無常を超える新たな時間認識を獲得した。本書で、西行・長明・兼好の三人それぞれの個性と生き方をまず冒頭部に提示したことが、本書のその後の記述の沃土となったと言ってよいだろう。

その後に取り上げられた九人は、厳密には時代順に配列されているわけではないが、すべて江戸時代の文学者・著述家であり、これが本書の大きな特徴である。つまり、本書の中心的な考察は、「近世における死生観の形成と変容」なのである。現代人に直結する多様な死生観は江戸時代に淵源を持ち、その淵源は、少なくとも、本書で取り上げられている九人の文学者に見出すことができるというのが、立川氏の主旨であろう。

本書のタイトルは、「現代日本人の死生観の源となっているのは、どのような死生観であるのか」という問いかけである。それに対する回答が、江戸時代の人々の死生観だったのである。とりわけ、他の文学者たちと比べると、異色とも言えるような貝原益軒と神沢(かんざわ)杜口(とこう)の二人を含めた点に、著者の本領が発揮されている。

ところで、本書の四番目の芭蕉と、五番目の西鶴は、二人ともその生涯は七番目の貝原益軒の生没年の中にすっぽりと収まっている。だから、生年順に配列するならば、兼好の次には、芭蕉ではなく、貝原益軒が来てもおかしくはない。芭蕉が先であるのには、それなりの理由があると思われる。

芭蕉には多くの弟子がいたが妻帯せず、一所不住の生き方を貫いた。だから、隠遁者的な風貌を持ち、「最後の中世文学者」として位置づけることも可能であろう。実際、西行・長明・兼好・芭蕉の肖像画は、墨染衣(すみぞめごろも)の姿で描かれ、脱俗的である。これに対して、西鶴や近松の場合は、新時代の到来を告げる体現者としての側面が強い。だから、兼好に直接繋がる江戸時代の文学者は、本書の配列通り、芭蕉こそが相応(ふさわ)しい。

それにしても、兼好から芭蕉までの間に、三百年近い空白期間が横たわっているのはどういうことなのだろうか。この間にも優れた文学者・芸術家は何人も存在している。何よりも芭蕉自身が、『笈の小文』の冒頭部で、「西行の和歌における、宗祇の連歌における、雪舟の絵における、利休が茶における、その貫道するものは一なり」と述べている。芭蕉には、中世を貫いて「風雅のまこと」を体現した人々の系譜がはっきりと見えていたし、その末席に連なるのが自分であるという自己認識も持っていた。

けれども、三百年の空白期を設定することによって、本書は、ダイナミックな飛躍力を獲得したのである。もし、三百年の空白期を置かずに、この間も文学者たちを等間隔で配置していたとしたら、これほど明確な死生観は浮かび上がらなかっただろう。この三百年の空白期は、強靭なスプリングボードとなって、読者を一気に江戸時代へと誘い、死生観の新たな方向性を指し示した。

西行・長明・兼好の存在感は比類ないものだとしても、本書の大きな眼目は、近世人の死生観における、新たな局面を描き出す点にあった。西行の生まれた平安末期は、すでに「末法」の時代であると認識されていた。源平争乱の時代を生きた長明も、そして鎌倉末期から南北朝の時代を生きた兼好も、彼ら三人が生きた時代は「乱世」だった。彼らが紡ぎ出した和歌と散文の流れは、伏流水となり、三百年の歳月を経た。

近世の文人たちは、磨き抜かれた深層の純水を汲み上げて、みずからの死生観の苗床に注いだ。日々の生活から生まれる実感は、深い思索を経て、叡知に満ちた美しい言葉となった。芭蕉から良寛まで、近世の人々の言葉と生き方が、現代人の心を、限りなく潤し癒すのは、西行・長明・兼好の思索が浸透していることも要因なのである。

芭蕉と同時代を生きたとは言え、西鶴・近松の二人となると、新時代の新しい生き方や価値観が前面に出てくる。その次に貝原益軒、さらには神沢杜口を配置することで、時代の流れは中世からの離陸を果たした。益軒と杜口は、本書の中でやや異色な存在であるが、彼らが入っていることが、本書の個性となっている。

貝原益軒は『養生訓』がよく知られているが、各地への実地探訪を優れた紀行文として書き残している。益軒の紀行文『己巳紀行』には、『徒然草』第六段を踏まえて、聖徳太子の墓所について記述した箇所もある。思えば、「墓所の規模を小さくせよ」という聖徳太子の言葉を記した『徒然草』のこの段も、聖徳太子の死生観に兼好が強く共感したからこそであり、その箇所を心に深く刻印していた貝原益軒も、時代を隔てて彼らの死生観と一直線に繋がっている。

神沢杜口は本書の中では一般的な知名度は最も低いかもしれない。けれども、森鷗外が『高瀬舟』の主な依拠資料としたのが、杜口の随筆『翁草』所収の話であることに本書が言及していることで、杜口の存在が現代人に身近なものとなる。

その後に、千代女と一茶という二人の俳人を配したのも、江戸時代の文芸の達成を強く印象づける。しかも、ここに、本書中唯一の女性文学者が登場した。全体的にみれば女性が千代女ひとりというのはいかにも少ないように思うが、実際問題として、現代人が江戸時代における女性文学者としてすぐに思い浮かべる人物としては、おそらく千代女なのではないか。しかも千代女を取り上げつつも、他の女性俳人へ言及することで、当時の文学者層の厚みと広がりを実感させている。そして、ここでも著者の視点は、彼女たちの「生き方」に向けられている。

本書において、貝原益軒・神沢杜口・千代女の各章は、とりわけ読者の心を弾ませる生気に満ちた記述となっている。このような人生観を持ち、このような生き方をした人々が、江戸時代にいたのだという驚きは、読者の共感へと転じるだろう。

最後の二人は馬琴と良寛である。この二人は、生き方も価値観も対照的であり、また時代順で言うならば、良寛が先で馬琴が後である。しかし、そのような配列ではなく、馬琴を先にして、本書の締め括りは良寛となっている。最後が良寛で締め括られていることは、西行に始まった本書の円環を閉じるに相応しい照応である。

本書では、各章ごとに、そこで主として取り上げる文学者や作品も、紹介されている。それが、各章の記述に広がりを持たせると同時に、死生観の相互関連性を照らし出す。そのような記述の中で、『徒然草』への言及がしばしば見られるのがわたしにとっては、何よりも興味深い。たとえば第三章の、人間の終焉の姿が「静かにして乱れず」であることが理想であるという兼好の言葉は、江戸時代の人々の死生観にも通じている。今更ながら、『徒然草』の浸透度が高いことに気づかされる。

以上のように本書は、広い意味での文学者たちの著作によって、日本人の死生観を描き出す点に大きな特徴があった。和歌や俳句、そして和文で書き綴った著作の中にこそ、日本人の心性が書き留められている。それらは、作品を読み継いできた多くの読者たちの共感によって、人々の中に息づいてゆく。

取り上げられている文学者たちは平安時代末期から江戸末期までであり、万葉時代も、近代以後の人物も、章立ての中には取り上げられていない。しかし、近代、さらには現代の文学者たちも随所に登場して、論述に厚みを持たせている。近代以前の死生観が、近現代の文学者たちとも深い水脈で繋がっているからであろう。

本書は、単行本の刊行から二十年の歳月を経て文庫化された。今を生きるわたくしたちの心の糧となって、甦ったのである。本書からのメッセージは、確実に現代のわたくしたちに手渡された。そのことを喜びたい。

P51：JASRAC 出 1807780－801
「川の流れのように」
作詞　秋元康　作曲　見岳章

P112：(株)ヤマハミュージックエンタテインメントホールディングス
出版許諾番号 18311P
「永久欠番」
作詞　中島みゆき　作曲　中島みゆき
©1991 by Yamaha Music Entertainment Holdings, inc.
All Rights Reserved. International copyright secured.

本書は一九九八年六月、筑摩書房より刊行された。

聴耳草紙　佐々木喜善

昔話発掘の先駆者として「日本のグリム」とも呼ばれる著者の代表作。故郷・遠野の昔話を語り口を生かして綴った一八三篇。（益田勝実／石井正己）

新編 霊魂観の系譜　桜井徳太郎

死後、人はどこへ行くのか。事故死した者にはなぜ特別な儀礼が必要なのか。3・11を機に再び問われる魂の弔い方。民俗学の名著を増補復刊。（宮田登）

江戸人の生と死　立川昭二

神沢杜口、杉田玄白、上田秋成、小林一茶、良寛、滝沢みち。江戸後期を生きた六人は、各々の病と老いをどのように体験したか。（森下みさ子）

差別語からはいる言語学入門　田中克彦

サベツと呼ばれる現象をきっかけに、ことばというものの本質をするどく追究。誰もが生きやすい社会を構築するための、言語学入門！（礫川全次）

汚穢と禁忌　メアリ・ダグラス　塚本利明訳

穢れや不浄を通し、秩序や無秩序、存在と非存在、生と死などの構造を解明。その文化のもつ体系的宇宙観に丹念に迫る古典的名著。（中沢新一）

宗教以前　高取正男　橋本峰雄

日本人の魂の救済はいかにして実現されうるのか。民俗の古層を訪ね、今日的な宗教のあり方を指し示す、幻の名著。（阿満利麿）

日本伝説集　高木敏雄

全国から集められた伝説より二五〇篇を精選。民話のほぼ全ての形式と種類を備えた決定版。日本人の原風景がここにある。（香月洋一郎）

売笑三千年史　中山太郎

〈正統〉な学者が避けた分野に踏みこんだ、異端の民俗学者・中山太郎。本書は、売買春の歴史・民俗誌に光をあてる幻の大著である。（川村邦光）

グリム童話　野村泫

子どもたちはどうして残酷な話が好きなのか？　残酷で魅力的なグリム童話の人気の秘密を、みごとに解きあかす異色の童話論。（坂内徳明）

初版 金枝篇(上)　J・G・フレイザー　吉川信訳

人類の多様な宗教的想像力が生み出した多様な事例を収集し、その普遍的説明を試みた社会人類学最大の古典。膨大な註を含む初版の本邦初訳。

初版 金枝篇(下)　J・G・フレイザー　吉川信訳

なぜ祭司は前任者を殺さねばならないのか？ そして、殺す前になぜ〈黄金の枝〉を折り取るのか？ 事例の博捜の末、探索行は謎の核心に迫る。

火の起原の神話　J・G・フレイザー　青江舜二郎訳

人類はいかにして火を手に入れたのか。世界各地より夥しい神話や伝説を渉猟し、文明初期の人類の精神世界を探った名著。（前田耕作）

未開社会における性と抑圧　B・マリノフスキー　阿部年晴／真崎義博訳

人類における性は、内なる自然と文化的力との相互作用のドラマである。この人間存在の深淵に到るテーマを比較文化的視点から問い直した古典的名著。

ケガレの民俗誌　宮田登

被差別部落、性差別、非常民の世界など、日本民俗の深層に根づいている不浄なる観念と差別の問題を考察した先駆的名著。（赤坂憲雄）

はじめての民俗学　宮田登

現代社会に生きる人々が抱く不安や畏れ、怖さの源はどこにあるのか。民俗学の入門的知識をやさしく説きつつ、現代社会に潜むフォークロアに迫る。

南方熊楠随筆集　益田勝実編

博覧強記にして奔放不羈、稀代の天才にして孤高の自由人・南方熊楠。この猥雑なまでに豊饒な不世出の頭脳のエッセンス。（益田勝実）

奇談雑史　宮負定雄　佐藤正英／武田由紀子校訂・注

霊異、怨霊、幽明界など、さまざまな奇異な話の集大成。柳田国男は、本書より名論文「山の神とヲコゼ」を生み出す。日本民俗学、説話文学の幻の名著。

贈与論　マルセル・モース　吉田禎吾／江川純一訳

「贈与と交換こそが根源的人類社会を創出した」。人類学、宗教学、経済学ほか諸学に多大の影響を与えた不朽の名著、待望の新訳決定版。

山口昌男コレクション　山口昌男　今福龍太編

20世紀後半の思想界を疾走した著者の代表的論考をほぼ刊行編年順に収録。この独創的な人類学者＝思想家の知の世界を一冊で総覧する。（今福龍太）

貧困の文化　オスカー・ルイス　高山智博／染谷臣道／宮本勝訳

大都市に暮らす貧困家庭を対象とした、画期的なフィールドワーク。発表されるや大きなセンセーションを巻き起こした都市人類学の先駆的書物。

身ぶりと言葉　アンドレ・ルロワ＝グーラン　荒木亨訳

先史学・社会文化人類学の泰斗の代表作。人の生物学的進化、人類学的発展、大脳の発達、言語の文化的機能を壮大なスケールで描いた大著。（松岡正剛）

アスディワル武勲詩　C・レヴィ＝ストロース　西澤文昭訳　内堀基光解説

北米先住民に様々な形で残る神話を比較考量。『神話論理』へと結実する、レヴィ＝ストロース初期神話分析の軌跡と手法をあざやかに伝える記念碑的名著。

日本の歴史をよみなおす（全）　網野善彦

中世日本に新しい光をあて、その真実と多彩な横顔を平明に語り、日本社会のイメージを根本から問い直す。超ロングセラーを続編と併せ文庫化。

米・百姓・天皇　網野善彦、石井進

日本とはどんな国なのか、なぜ米が日本史を解く鍵なのか、通史を書く意味は何なのか。これまでの日本史理解に根本的転回を迫る衝撃の書。（伊藤正敏）

列島の歴史を語る　網野善彦　藤沢・網野さんを囲む会編

日本は決して「一つ」ではなかった！　中世史に新次元を開いた著者が、日本の地理的・歴史的な多様性と豊かさを平明に語った講演録。（五味文彦）

列島文化再考　網野善彦／塚本学／坪井洋文／宮田登

近代国家の枠組みに縛られた歴史観をくつがえし、列島に生きた人々の真の姿を描き出す、歴史学・民俗学の幸福なコラボレーション。（新谷尚紀）

日本社会再考　網野善彦

歴史の虚像の数々を根底から覆してきた網野史学。漁業から交易まで多彩な活躍を繰り広げた海民に光をあて、知られざる日本像を鮮烈に甦らせた名著。

図説 和菓子の歴史　青木直己

饅頭、羊羹、金平糖にカステラ、その時々の外国文化の影響を受けながら多種多様に発展した和菓子。その歴史を多数の図版とともに平易に解説。

今昔東海道独案内 東篇　今井金吾

いにしえから庶民が辿ってきた幹線道路・東海道。日本人の歴史を、著者が自分の足で辿りなおした名著。東篇は日本橋より浜松まで。（今尾恵介）

今昔東海道独案内 西篇　今井金吾

江戸時代、弥次喜多も辿った五十三次はどうなっていたのか。二万五千分の一地図を手に訪ねる。西篇は浜松より京都までに伊勢街道を付す。（金沢正脩）

物語による日本の歴史　石母田正 武者小路穣

古事記から平家物語まで代表的古典文学を通して、国生みからはじまる日本の歴史を子ども向けにやさしく語り直す。網野善彦編集の名著。（中沢新一）

増補 学校と工場　猪木武徳

経済発展に必要とされる知識と技能は、どこで、どのように修得されたのか。学校、会社、軍隊など、人的資源の形成と配分のシステムを探る日本近代史。

泉光院江戸旅日記　石川英輔

文化九年（一八一二）から六年二ヶ月、鹿児島から秋田まで歩きぬいた野田泉光院の記録を詳細にたどり、描き出す江戸期のくらし。（永井義男）

居酒屋の誕生　飯野亮一

寛延年間の江戸に誕生しすぐに大発展を遂げた居酒屋。しかしなぜ他の都市ではなく江戸だったのか。一次資料を丹念にひもとき、その誕生の謎にせまる。

すし 天ぷら 蕎麦 うなぎ　飯野亮一

二八蕎麦の二八とは？ 握りずしの元祖は？ なぜうなぎに山椒？ 膨大な一次史料を渉猟しそんな疑問を徹底解明。これを読まずに食文化は語れない！

増補 アジア主義を問いなおす　井上寿一

侵略を正当化するレトリックか、それとも真の共存共栄をめざした理想か。アジア主義を外交史的観点から再考し、その今日的意義を問う。増補決定版。

ちくま学芸文庫

日本人の死生観（にほんじんのしせいかん）

二〇一八年九月十日　第一刷発行

著者　立川昭二（たつかわ・しょうじ）

発行者　喜入冬子

発行所　株式会社　筑摩書房
東京都台東区蔵前二―五―三　〒一一一―八七五五
電話番号　〇三―五六八七―二六〇一（代表）

装幀者　安野光雅

印刷所　三松堂印刷株式会社

製本所　三松堂印刷株式会社

乱丁・落丁本の場合は、送料小社負担でお取り替えいたします。
本書をコピー、スキャニング等の方法により無許諾で複製することは、法令に規定された場合を除いて禁止されています。請負業者等の第三者によるデジタル化は一切認められていませんので、ご注意ください。

© TATSUKAWA YOSHIKO 2018　Printed in Japan

ISBN978-4-480-09888-7 C0195